Travessias de
AMANÃÃ

© Ana Dos Santos, 2021, 2025
© Carmen Lima, 2021, 2025
© Fátima Farias, 2021, 2025
© Delma Gonçalves, 2021, 2025
© Lilian Rocha, 2021, 2025
© Taiasmin Ohnmacht, 2021, 2025

Direitos da publicação pertencem à Libretos.
Permitida a reprodução apenas parcial e somente com citação de fonte.

Capa | **Carmen Lima**

Edição e Design | **Clô Barcellos**

Revisão | **Célio Lamb Klein**
Grafia segue Acordo Ortográfico da Língua Portuguesa de 1990, adotado no Brasil em 2009.

Impressão | **Copiart/SC**

Dados internacionais de catalogação
Daiane Schramm – CRB 10/1881

S237t   Santos, Ana Dos
          Travessias de Amanaã. / Ana Dos Santos [...et al]. - Porto Alegre: Libretos, 1ª reimp., 2025.
          136p.
          Várias autoras
          ISBN 978-65-86264-33-3

          1. Literatura. 2. Poemas. 3. Reflexões.
    I. Santos, Ana Dos. II. Título.
                                                    CDD 869

Libretos
Rua Peri Machado, 222 B/707
Bairro Menino Deus, Porto Alegre/RS
CEP 90130-130
Brasil

www.libretos.com.br
libretos@libretos.com.br
Instagram e Facebook @libretoseditora

Travessias de AMANAÃ

Ana Dos Santos
Delma Gonçalves
Lilian Rocha
Carmen Lima
Fátima Farias
Taiasmin Ohnmacht

Porto Alegre, 2025
1º reimp.

Libretos

PREFÁCIO

Ana, Carmen, Delma, Fátima, Lilian e Taiasmin: seis mulheres negras, escritoras, que, à semelhança de Conceição Evaristo, também falam de vivências. Suas e de outras mulheres. Para além das primeiras impressões que cada poema, cada conto escrito por cada uma dessas seis mulheres tenha provocado – e provocaram – em mim, meu destaque primeiro se dá para o ato da escrita em si. Para a importância e, quem sabe até, para a necessidade de escrever, visto que percebo em algumas – ou em todas – a escrita se fazendo tão necessária quanto o ato de respirar. Essas seis escritoras, que também desempenham outras funções no dia a dia (não há uma só jornada para as mulheres) e que se entregam ao gozo – ou sofrimento? – do ato de escrever, neste livro falam do que e de quem precisa ser dito. Falam do que e de quem foi/é renegado. Falam do que e de quem foi/é esquecido. Falam de amor, de autoamor. Falam de alegrias e de dores. E eu me vejo nas mulheres desses textos. Me vejo um pouco em Farisa, a menina que não podia falar com espíritos de brancos; na menina de tranças, que renasce todos os dias e na bruxa, que renasce das cicatrizes; na mulher que rompe com um ciclo de dor e na que parte sem se despedir; na que sonha e acorda molhada e na professora cujo aluno não conseguiu fazer o trabalho solicitado; na que é perseguida pelo segurança da loja e naquela cujo corpo recebe a bala perdida; na resposta certeira e forte aos olhares preconceituosos que recebemos todos os dias. Vejo todas as que são atingidas – e mortas – pelo racismo, pelo machismo, pelas opressões todas. Vejo as que amam, as que desamam e as que não são amadas. Estamos todas visíveis nos textos deste livro. Refletidas num espelho cuja imagem até incomoda. E esse incômodo – para mim positivo – leva-me à compreensão de que o que Ana, Carmen, Delma, Fátima, Lilian e Taiasmin fazem ao reunirem seus escritos é revolucionário. E traduz o conceito pleno de coletivo, de aquilombamento. De Ubuntu!

Rudiléia Paré Neves
Professora, coordenadora do Coletivo
de Mulheres Negras Iyá Agbara

AMA

NAÃ

Sumário

9
Ana Dos Santos

29
Carmen Lima

51
Fátima Farias

71
Delma Gonçalves

93
Lilian Rocha

115
Taiasmin Ohnmacht

Travessias de
Ana Dos Santos

Igor Sperotto

Ana Dos Santos

Poetisa, professora de Literatura e contadora de histórias, Ana é gaúcha de Porto Alegre, Rio Grande do Sul. Formada em Letras pela Universidade Federal do Rio Grande do Sul, participou e venceu concursos de poesia na universidade e recebeu a Menção Honrosa do Prêmio Lila Ripoll da Assembleia Legislativa do Rio Grande do Sul, em 2016 e 2018. Em 2015 alcançou a Menção Honrosa do Grupo Face de Ébano da Secretaria Adjunta do Povo Negro da Secretaria Municipal dos Direitos Humanos de Porto Alegre.

Escreveu crônicas no livro *Brazil by Night* (Arte e Significado – Minerva, 2008/SP) e no *Livro da Tribo* (Editora da Tribo, 2011/SP). Publicou poemas na *Antologia Águia 2009* (AmiGos Unidos Incentivando as Artes/Editora Errejota/RS), no livro *Pretessência – Sopapo Poético* (Editora Libretos, 2016/RS), na *Antologia ELAS* (Edições do Tietê, 2017/SP) e nas revistas *Gente de Palavra* (RS), *Poesia Sem Medo* (SP) e *Ovo da Ema 3* (Escola de Poesia, 2018/RS). Participou do livro *Raízes-Resgate Ancestral/Escritoras Negras* (Editora Venas Abiertas, 2019/MG).

Em 2009 venceu o concurso Ministério da Poesia (World Art Friends), publicando seu primeiro livro de poemas, *Flor* (Corpos Editora, Portugal). Lançou ainda mais dois livros de poesia: *Poerotisa* (Editora Figura de Linguagem, 2019/RS) e *Pequenos Grandes Lábios Negros* (Editora Venas Abiertas, 2020/MG).

Faz parte do catálogo *Intelectuais Negras Visíveis* (Editora Malê, UFRJ, 2017/RJ). Mestra em Estudos Literários Aplicados/UFRGS e especialista em História e Cultura Afro-brasileira. Ocupa a cadeira 100 na Academia de Letras do Brasil/Rio Grande do Sul, tendo como patrona Lélia Gonzales.

E-mail: ana.flordolacio@gmail.com

A cor do negro

A cor do negro
é o contraste entre as cores.
São multicores negras
entre a mais clara e a mais escura cor.
Mas ainda é negro
o meu amor!
Há pessoas de cor
e há pessoas sem amor...
E eu,
eu amo quem sou:
Negra!

Milho

Não tem espaço
para plantar
A cidade aumenta
e a aldeia diminui
Não queria vir
para a cidade
Queria muito
estar na aldeia
Mas fazer o quê?
É preciso estar aqui!
De uma cidade celestial
veio o animal
que tem luz própria
Vou trocar
esse animalzinho
pelo milho
que não pude plantar
As palavras
que nunca vão ser esquecidas
são as palavras
verdadeiras
Território
Guarani
é em todo lugar!

Rio Doce

Tiraram o doce
da água
do rio,
ele morreu

Guarita

Salva
a
minha
vida
boca
a
boca

Morte ao vivo

Eu morro todos os dias
a cada 23 minutos
eu sou estrangulada
junto com os meus...
Eu ressuscito a cada 23 minutos
nas 1.380 vezes em que minha morte
é televisionada
e os abutres se deliciam
com minha morte ao vivo
Morte ao vivo
Morte aos negros que ainda estão vivos...
Os abutres se deliciam
as câmeras bebem as lágrimas de quem ficou vivo...
Frutas estranhas
nascem das árvores da morte
Brancos sentem prazer
com nossos corpos
pendurados
linchados
baleados
arrastados
estrangulados
Eu morro todos os dias
porque ainda não me deram
o direito de viver

Publicado no site da Rede Sina, nov/2020

Licença pra matar

A primeira vez
que eu matei um branco
não foi crime
Foi justiça
Eu ia morrer
Então, em legítima defesa
ou era ele ou era eu
Quem mata um branco
vinga a morte
de vários negros
Não usei arma
nem espada
Esfreguei pimenta
nos olhos
Não enforquei
nem esganei
Coloquei uma cobra coral
em volta do pescoço
A primeira vez
que eu matei uma branca
ela me pediu sororidade
antes de morrer
Eu tinha roubado o emprego dela
e a vaga na universidade
Quem mata uma branca
vinga a morte
de várias negras
Na real
não é vingança
É ajuste de contas
de uma conta que não fecha

Como pegar de volta
séculos de apagamento
da nossa história
e da nossa cultura?
Como reparar
nossas riquezas roubadas e
espalhadas em museus coloniais?
Como resgatar o poder
dos Impérios Africanos?
A gente sempre acaba preso
inocentemente
ou atingido de bala perdida
descaradamente
confundido
pela cor
A primeira vez que mataram brancos
nos campos de concentração
o mundo ficou perplexo
Brancos matando seus brancos irmãos
Por isso eu peço licença...
licença para matar
Licença poética!

O racismo
furou
o isolamento social
Saia
da sua bolha branca!
Vidas negras
importam!
Eu não consigo
respirar!
Porque o vírus
do racismo
contaminou
toda minha vida
Eu não consigo
respirar
o mesmo ar
racista
que eu sou obrigada
a respirar
Eu quero furar
o isolamento racial
e poder estar
em todos os lugares
com liberdade
de poder
permanecer
ficar
estar
ser
uma
mulher
negra!

Publicado no site Todas escrevemos, *nov/2020*

Diário da Pandemia
Dia 137

Acordei no meio de um sonho molhado... Estava quase chegando lá...

Escuto o primeiro ônibus do dia passando, devem ser 5h, o motorista e o cobrador com certeza acordaram às 3h e já estão trabalhando.

No meu privilégio de poder trabalhar em casa, viro para o lado e tento dormir, mas começo a lembrar da minha tripla jornada de mãe, dona de casa e professora. Ah, tenho que revisar um artigo pra pós, que parou também por conta da pandemia... Então, distribuo mentalmente as tarefas como prioritárias, urgentes e "faço quando der"!

Abro os olhos, uma lagartixa está subindo pela parede... Eu também!

Assim como uma grande parte das pessoas ao redor do planeta, eu finjo que a vida agora está no "novo normal". Me conecto ao ciberespaço, abro meus e-mails:

– Sora, desculpa por não fazer o trabalho, é que fui assaltado ontem e levaram meu celular, não sei quando vou ter outro...

– Tudo bem, Breno, eu aguardo. Como é que tu tá? Te machucaram? Cuidado com a violência e cuidado com o vírus também!

Eu ia escrever "Fica em casa!", mas lembrei que, assim como ele, muitos estudantes precisam trabalhar, pois os pais foram demitidos quando essa tragédia mundial começou. A exclusão digital está afastando um grande número de alunos da escola, assim como outros que devem ter se contaminado ou tiveram que cuidar de alguém doente na família.

Hoje já se passaram quatro meses de pandemia do coronavírus, e eu permaneço em isolamento social. Já perdi duas amigas para o covid-19. Não pude me despedir. Também conheço outras duas que se contaminaram e conseguiram se curar. Lembro que a Rosa está há uma semana com o teste positivo... Sinto medo, começo a chorar... aproveito para chorar também por outras dores e perdas.

CAFÉ PARA CONTINUAR.
Vou ler as notícias, nada mudou.
Infelizmente o número de mortes continua crescendo: 90.000 pessoas.*
Nossos governantes continuam mentindo e roubando o dinheiro do povo.
Nada mudou.
SINTO FALTA DE AR!
NÃO CONSIGO RESPIRAR!
Já tive a impressão de que me contaminei 1.000 vezes, mas limpei tudo a tempo.
SINTO FALTA DE AR!
NÃO CONSIGO RESPIRAR!
O racismo no Brasil continua matando pessoas negras a cada 23 minutos. Sempre sou seguida pelo segurança do supermercado, agora, com minha máscara, "aqui estou, mais um dia sob o olhar sanguinário do vigia".
CAFÉ PARA CONTINUAR.
SINTO FALTA DE AR!
NÃO CONSIGO RESPIRAR!
Estamos em 2020, mas nós, negros, continuamos em 14 de maio de 1888.
Anoiteceu. E com os dias gelados, escurece cada vez mais cedo. Troquei o dia pela noite.
Aqui na minha rua, depois das 20h não se vê uma viva alma, com exceção dos moradores de rua, que crescem em números exponenciais.
VINHO PARA RELAXAR.

Vou pra sacada no escuro. Gosto de observar os vizinhos. Já conheço suas rotinas e horários. Quando acabar esse isolamento, quero conhecer os que bateram panelas comigo quando havia esperança na justiça. Há dois meses as panelas silenciaram...
MAIS VINHO PARA RELAXAR.
Tem um vizinho no prédio da frente que gosta de tomar sol só de cueca. Ele também esquece a toalha quando sai do banho nu. Lembrei! Foi com ele que sonhei na noite passada.
A lagartixa continua subindo pela parede... Eu também!

Publicado no blog *Diário da Pandemia, ago/2020*
* *Dados da época*

Trilha sonora da saudade (uma carta)

> ...desejo o que não vivi,
> desejo antigo de te encontrar...
>
> Leve - *Mahmundi*
> (Marcela Vale/Roberto Barrucho)

Que ironia... você foi uma das últimas pessoas que abracei antes da pandemia. Meu coração disparou quando te revi em meio à multidão. Senti de longe o teu frio na barriga. Só restou ir ao encontro um do outro, num abraço desajeitado, mas sincero como sempre foi nossa amizade. Há quanto tempo não nos víamos? Meses...

> ...já faz tempo eu vi você na rua,
> cabelo ao vento, gente jovem reunida...
>
> Como nossos pais - *Elis Regina*
> (Antonio Carlos Belchior)

Sim, te vi no meio do verão, passei de táxi pela rua dos bares. Você estava conversando e sorrindo. Aquele sorriso lindo que me despertou numa manhã de dezembro. Era 2019. Nós dormimos de conchinha. Um sono profundo, depois da gente se amar toda madrugada. Eu disse amor? Talvez fosse paixão! Mas com certeza era calor, fogo, chama. Agora, presa nesse isolamento social incalculável, eu tento reproduzir aquela noite, dormindo de conchinha com meu travesseiro.

Amizade, paixão, caso, rolo, *crush*, etc. Os relacionamentos líquidos são a tônica do século XXI. Só não sabíamos como nos relacionar em meio a uma pandemia. A Organização Mundial da Saúde disse que o vírus é altamente transmissível através do beijo. E que só algumas posições sexuais são seguras. Bom, eu não queria só fazer sexo contigo. Mas o teu beijo, ah, o teu beijo mataria minha fome, minha sede. Eu sinto saudade é do teu beijo...

> *Não se admire se um dia*
> *um beija-flor invadir*
> *a porta da tua casa,*
> *te der um beijo e partir,*
> *fui eu quem mandou o beijo,*
> *que é pra matar meu desejo,*
> *faz tempo que eu não te vejo,*
> *ai que saudade d'ocê...*
>
> Ai que saudade d'ocê – *Zeca Baleiro*
> *(Vital Farias)*

E se a gente morrer? Eu penso na minha morte todos os dias, porque tem cerca de mil pessoas morrendo diariamente no Brasil*. Eu mesma já perdi algumas pelo caminho. A gente deu um azar danado de nascer neste país... E se eu morrer... você nunca vai ler essas palavras... E se você morrer? Se a gente nunca mais se ver? Pensando assim, você foi a melhor coisa que me aconteceu antes da pandemia; se tornou o meu amor. E é em você que gosto de pensar nos dias ruins.

Gosto de lembrar dos nossos encontros, os casuais e os combinados. Lembro até das roupas que a gente vestia, e das roupas que a gente despia. Era muito desejo guardado, muita conversa dividida enquanto éramos só amigos...

> *Quando a gente conversa,*
> *contando casos, besteiras,*
> *tanta coisa em comum,*
> *deixando escapar segredos,*
> *e eu não sei em que hora dizer,*
> *me dá um medo, que medo...*
>
> Preciso dizer que te amo – *Marina Lima*
> *(Cazuza/Bebel Gilberto)*

Não, eu não vou me declarar pra você. Até porque eu não tenho mais o teu telefone. Foi aí que a gente parou de conversar. Até hoje não me tu não respondeu a última pergunta que eu fiz... Então resolvi te esquecer e apaguei teu telefone. Mas bah... eu queria te contar tanta coisa que aconteceu antes da pandemia, tu tinha razão em algumas profecias que se realizaram. Aquele dia não deu pra gente conversar, os dois estavam acompanhados. Mas se eu pudesse, talvez nem conversasse. Eu iria te tirar pra dançar. Tudo o que eu que eu queria era dançar contigo. Nossos corpos se entendem melhor do que nossas palavras.

Não, eu não vou te mandar esta carta. Acho que tu devia me escrever. Sinto que queres me dizer algo, porque tu sempre aparece nos meus sonhos falando, mas a voz não sai.

Depois do isolamento, se ele acabar um dia, eu também não vou te procurar... Quero ficar só com as lembranças boas, da gente dançando coladinho em meio à roda de samba. Também acho que não vai ter mais esse tipo de aglomeração... Quero lembrar das noites estreladas, da cerveja gelada que bebi nos teus lábios e do brilho do teu olhar, sorrindo pra mim, enquanto eu acariciava teus cabelos. Essas lembranças nenhuma tragédia pode apagar, nem o tempo, nem o mar...

Faz tempo que eu não te vejo
Quero matar meu desejo
Lhe mando um monte de beijos
Ai que saudades sem fim!

Ai que saudade d'ocê - *Zeca Baleiro*
(Vital Farias)

Publicado no blog Flor do Lácio, *jan/2020*
* Dados da época
Média móvel diária de mortes no Brasil, *jun/2021: 2.400*

Jardim secreto

No meu jardim secreto
a grama está alta e eu não vou cortar
Tem líquido seminal que jorrou do chafariz
e tem sangue do meu coração
Gnomas velhas
aposentadas
e iradas!
Tem bruxinhas
disfarçadas
de fadinhas!
Erva sagrada
e erva daninha
Látex perfumado
de camisinha
Sempre-livres sem abas
lama, húmus
E nasceu uma flor!

Vamos ficar ali
nas terminações nervosas...
só gozando cada choque de prazer
Vamos nos banhar ali
nos líquidos quentes...
fundindo carne com carne
sentindo os gostos das frutas...
uva, banana, maçã
Vamos nos perder ali
no doce deleite
de leite
de inauguração
É ali
onde se fizeram
as concepções
gestações e nascimentos
Da certeza do tempo
eu posso te dizer:
quase todo mundo nasceu de uma boa trepada!

Publicado no livro Pretessência/2016

Ela só pensa naquilo...

Acordei. Banhei-me com zelo. Lavei os cabelos. Depilação em dia. Escovei os dentes e passei fio dental. Perfumes de diversas flores no corpo. Pintei-me com as cores dos pássaros. Vesti-me com sensualidade. Há tempos aguardava o encontro. Melhor ir de barriga vazia.

Cheguei ao prédio e o porteiro me mandou entrar:
– Ele está à sua espera.

Peguei o elevador, me vislumbrei no espelho e pensei alto: "Tô gostosa, hein!". Ao chegar ao andar, a porta estava entreaberta; ele, de costas, ajeitando a roupa. Dei bom-dia e logo me sentei. Aquela cadeira era irresistivelmente confortável!

Ele se aproximou e vupt! Inclinou a cadeira para trás. E depois foi subindo a alavanca e eu sentindo que minha ansiedade subia também. Puxou outra cadeira, sentou e ajustou a altura da minha, bem na cintura dele.

"Nossa! Ele tem mãos enormes!" E começou a vestir aquelas luvas nos seus dedos grossos. Vontade de chupar um por um...

Ele se aproximou do meu rosto. Encostou o cotovelo no meu seio. Fiquei excitada!

Os dedos dele roçaram meus lábios. Segurei a língua lá no fundo, mas ele me pediu:
– Abre mais a boca.

Por trás da máscara, aqueles olhos me comiam... Abri toda a boca, língua pra fora, relaxei e... quem gozou foi ele: um jato d'água em minha cavidade bucal:
– Não vá dormir, senhorita, a limpeza dos dentes não demora muito!

Publicado no instagram Autoras mini contam, *set/2020*

Amor,
essa palavra fora de moda, há tempos...
pessoas trocam de amores
como quem troca de roupa...
O amor não está na moda, definitivamente.
O mundo digital
não é o mundo real.
A internet é líquida
e o amor é concreto.
O sexo é virtual,
mas melhor com o toque na pele, o cheiro, o sabor...
Distâncias são relativas,
o amor já viajou por cartas, telegramas,
e não encontrou um coração dentro de um quarto.
O beijo, pra acontecer, precisa do outro.
O sexo já foi feito por telefone, por imagens,
por vídeos.
Manda nudes!, mas não te ilude!
Dormir de conchinha precisa de outro corpo.
O amor próprio é perfeito,
eu aceito meus defeitos.
Amei e fui amada, não espero menos
do que o outro
presente
na minha frente.
Olho no olho,
dar e receber as mãos, os beijos, o prazer.
O amor veste perfeitamente
um corpo nu!

Publicado na coletânea Sentimentos e Razões/*2020*

∽

cigarras agoniadas
tecem o verão
insistentemente
dia e noite
agoniados cigarros
eu fumo na sacada
estou ficando boa
em sepultar os mortos
penso que é o novo chegando
mas é o velho se repetindo
as pessoas não mudam
eu também
tenho ficado cada vez pior...
agoniadas cigarras
pousam em meus seios
o sol me penetra
carinhosamente
durmo nua na sacada
noite e dia
chupo cubos de gelo
e acendo o cigarro
no meio das pernas
porque todo tamarindo
tem o seu gosto azedo
cedo antes que o janeiro
doce manga
venha ser também

Publicado na La Loba Magazine, *abr/2021*

Travessias de
Carmen Lima

Carla Uhlmann

Carmen Lúcia dos Reis Lima

Ela nasceu de Regina, que era filha de Maria, que era empregada de Dona do Carmo, que falou dela para Nídia, que contou tudo para Alberto e Ecy, que a adotaram com 4 anos.

E assim, **Carmen** inicia sua primeira travessia, recebendo de seus pais afetivos um lar, amor, educação e muito estudo: datilografia, corte e costura, computação, inglês, libras, pintura e magistério. Porém, brincava, cantava e dançava o tempo todo (seus boletins que o digam!).

Ao descobrir que seu pai biológico era músico e que sua mãe se fantasiava para animar as festas na escola em que trabalhava, tudo ficou explicado!

Natural de Porto Alegre, é professora licenciada em Pedagogia, atriz, bonequeira, brincante e contadora de histórias.

Dos 30 anos de docência, há 20 atua na rede estadual de ensino, como alfabetizadora, oficineira e mediadora de leitura.

O lado artístico ganhou forma em 1993, quando fez sua primeira oficina de teatro com Olga Reverbel e sua equipe de diretores, atuando na remontagem do espetáculo *Gota D'água*.

Após 10 anos de teatro adulto e infantil, formou equipe de animação em festas e empresa de teatro de bonecos, com atuação em festivais nacionais e internacionais. Integrou o grupo Contadores de Histórias do Teatro de Arena, a Confraria Mentes Literárias e o elenco de bonequeiros do programa *Pandorga*, da TVE/RS. Atualmente é membro da Cia. Caixa do Elefante Teatro de Bonecos/POA e da equipe de contadores de histórias da Câmara Rio-grandense do Livro de Porto Alegre.

Participa dos coletivos Bando de Brincantes, Sarau da Alice, Sarau Sopapo Poético, com jogos e contos para os erês do Sopapinho, e do Arte Negra/POA.

E-mail: carmen69lima@gmail.com

Preta-à-porter

Pendura a armadura
pesada e dura de amargor
Espalha, embaralha, realça tua cor
te veste
investe na alma
e te acalma
Cabide tudo que te aperta, espeta e tortura
Rompe o remendo e a costura
Ergue a fronte
para que nada te afronte
nesta nova postura
Desata os nós
que alinhavam tuas mãos, pés e voz
Te envolve em cortes de valor e apreço
e desfila sem tropeços
agora, sob tuas medidas
vestindo teu lado avesso.

12/12/12

Água de beber

Chegas como brisa: suave, sutil, com morna leveza
E sem perder a pureza – nem doçura
Mostras a realidade que paira e perdura
Escondida sob confetes, taças e falsos brilhos
De uma nação que há muito saiu dos trilhos
Sufocada pela fumaça
Desse ar pesado de desigualdade, desamor e trapaça.

Trazes no olhar paragens distantes
Que nos aproximam no exato instante
Em que cruzas aos pares milhas e milhares de olhares
Misturando terras, ervas e eras
E quando menos se espera, tudo vira pó
Deixando-nos sem chão, apontando a terra ferida
Expondo a dor que foi enterrada para ser esquecida.

Tens a boca oca de ocarina
E dela ressoam timbres de paz, justiça e igualdade
E em igual tenacidade, falas de amor, de paixão
E de volúpias, por que não?
E como vulcão, entras em erupção
E acendes com palavra em brasa colorando a cor
Encorpando feito fogo o fervor que há em nós
Reavivando cinzas com o calor de tua voz.

Tens a língua-mãe, mestra das palavras
Que por ti são conduzidas, jorrando e escorrendo
E como que seduzidas
Seguem o fluxo deste sinuoso universo
Desaguando em ondas de prosa e reverso
Salivas com sede de afeto
Vertendo teus desejos mais secretos
Condensando palavras em sementes
E quem te escuta tem por missão
Germinar a mente, regando cada dia
Com gotas de poesia.

Assim como a terra que sustenta e abastece
Como o ar que a tudo mantém
Como o fogo que ilumina e aquece
Numa conexão que dispensa um porquê
A palavra na tua voz
É água de beber!

Para Gonçalo Ferraz, companheiro poeta

Bala perdida

A bala atravessou o fino tecido
se alojou no lado esquerdo
no bolso do vestido
Manchou de vermelho o que era colorido
e agora não tem mais jeito
No turbilhão foi jogada de lá pra cá
esperança de encontrá-la já não há
Só resta o suspiro
enquanto o líquido se esvai
                   em turbulentos giros
O grito materno ecoa
pairando no ar como uma bolha
sua voz flutua, voa
Fecho os olhos e parece que ainda a ouço:
"Já cansei de falar! Esvazia os bolsos!
Não quero saber de bala perdida na máquina
                                de lavar!"

Para recordar do tempo em que a única bala encontrada com uma criança representava a doçura da infância

Altos e baixos

Mulheres
Pretas
Por
Escrito
Tudo
Está
No tempo
Simplesmente
Por querer
Ou
Por acaso
Acontece
Que nada
Entendi
Porque
Justo
Aqui
Estou
Só

Para as Amanaãs de travessias.

Não retruca

Se meu cabelo é pixaim
Tu não penteias por mim.
Se não te agrada o meu tom
Realço ainda mais com o meu batom.
O meu gingado te incomoda?
Mas nunca saiu de moda!
Se meu gingado te incomoda
Então passa fora da minha roda!

Abre alas para eu passar
E vem muita gente comigo
Não adianta retrucar
Levanto, te enfrento e prossigo.

Minha negritude vai além da minha cor
Vem dos meus ancestrais
E do batuque do tambor.
Tua indiferença só realça quem eu sou
De cada pedra jogada
Fiz a minha escada
E olha onde estou!

Abre alas para eu passar
E tem muita gente comigo
Não adianta retrucar
Levanto, te enfrento e prossigo!

– Não adianta retrucar!
Já sabe que tudo eu consigo
– Não adianta retrucar!
Se precisar até brigo
– Não adianta retrucar!
As pretas estão um perigo
– Não adianta retrucar!
E grita quem fecha comigo!!

Misturatura à brasileira

Mal o sol despontara e *O Cortiço* já estava em rebuliço! Tudo porque *O Moço Loiro* e *O Mulato* discutiam numa disputa fervorosa as atenções da mais bela daquela região. Quem?! *A Moreninha*!

Que tolos! Mal sabiam que o coração da moçoila ardia por outrem.

A jovem, após encontros furtivos, passou a povoar com delícias e malícias as *Memórias de um Sargento de Milícias*.

Ela agira impulsionada por desejos impuros e, apesar de pedir conselhos a *Eurico, o Presbítero*, sua fiel confidente e amiga *Escrava Isaura* a ajudara a alimentar essa paixão, levando secretamente *Cartas Chilenas* até o sortudo sargento.

Ia a confidente entre *As Cidades e as Serras* levando consigo, além das cartas, os olhares de cobiça que lhe lançava *O Noviço*, recém-chegado do *Ateneu*.

Porém, *O Gaúcho* pediu-lhe que entregasse sigiloso documento que revelava *O Crime do Padre Amaro*, o verdadeiro culpado pelo *Triste Fim de Policarpo Quaresma*!

Enquanto isso, *A Noite na Taverna* estava deveras intensa!

Lá, *A Normalista* e *Ubirajara*, que veio do *Uruguai*, entregavam-se em *Espumas Flutuantes* regadas a champanhe, vinhos, destilados e do outro também!

O Seminarista, que a tudo espreitava, foi às pressas relatar o que vira.

As Pupilas do Senhor Reitor se dilataram de ódio perante tal obscenidade!

Porém, tamanha ira não o deixou perceber que ali, sob seu nariz, *Marília de Dirceu* na *Lira dos 20 Anos* envolvera-se com *Amor e Perdição* na *Casa de Pensão* daquela *Senhora*, entregando sua *Inocência* ao *Primo Basílio*!

Não percam, no próximo episódio, mais um emocionante capítulo!

Onde o felizes para sempre nem sempre acontece
Onde o bem nem sempre prevalece
Mas estamos aqui, unidos e munidos
Para cortarmos o mal pela raiz
Com faca, foice e até Machado...
...de Assis!

Não estou disponível

Mulher, solteira, professora
atriz e cinquentona.
Reúno vários pré-requisitos
para que o preconceito venha à tona.
Por ser mulher, não sou capaz
por ser negra, racismo voraz.
"Professora?! De quê? Ah, dos pequenos..."
Como se a base de tudo valesse menos.
"Humm, é solteira?...
Está caçando, matando cachorro a grito
disso aí eu não duvido!"
"Já tem 50 anos?
Nem tem cabelo branco... apenas alguns fios."
Jeitinho delicado de dizer
que não me enquadro no perfil.
Por ser atriz, um pouco mais desinibida
tem gente que confunde
e já parte pra investida.
E quando digo:
– Não me leva a mal... não estou disponível.
No outro dia passa por mim
como se eu fosse invisível.
Por quê?
Só porque não sucumbi ao teu desejo
e virei a cara pro teu beijo?!

Tem gente que vem chegando
como quem não quer nada e diz:
"Vamos tomar um suco?
Um café?
Uma cerveja bem gelada?"
E depois um convite estranho
como se fosse irresistível:
"Vamos tomar um banho?"
Olha, respeita minha escolha:
- Eu não estou disponível!
E não vem querendo agradar
me chamando de mulata
morena cor do pecado
isso é coisa do teu passado!
Sou Negra, vê se aprende!
Minha cor não é sinal verde
para teu papo previsível.
Vê se entende:
Eu não estou disponível!

Não leva a mal se minha fala
não te provocou sorrisos
nem foi assim tão sensível.
Só disse o que era preciso
e até posso repetir de uma forma bem visível:
EU NÃO ESTOU DISPONÍVEL.

Olhares

O olhar diz muito
e revela o que queríamos dizer.
Quando entro em uma loja
a vendedora vem sorrindo
mas não sem antes
dar aquele olhar da cabeça aos pés
como se estivesse medindo
se tenho dinheiro
ou se sou da ralé.
O olhar de rabo de olho
quando entro no elevador
e cumprimento por cortesia
mal murmuram um bom-dia.
Ou das senhorinhas no primeiro banco do ônibus
que franzem a testa e me olham de cabo a rabo.
Um dia eu perguntei:
– Tô do avesso?
Se não, paro e já desço.

Mas os olhares que ganhei semanas atrás
me marcaram demais.
Fui à farmácia comprar remédio e hidratante
e a vendedora me levou para o fundo
pois ficavam em outra prateleira
quando entram dois assaltantes.
Gente, que tremedeira!
Enquanto um fazia a limpa de reboque
o outro gentilmente nos conduzia
para a salinha do estoque
e dizia com a voz calma
olhando bem para cada freguês:

"Fiquem tranquilos, *de boa*, não é nada com vocês.
O outro lá tá pegando os *bagulho*
fiquem aqui bem *quieto*, sem barulho.
Tu que é o gerente?
Onde que tá o cofre com o dinheiro?"
Coitado, era caolho!
Arregalou os olhos da cara
e apertou o que vai ao banheiro.
"Eu não sou gerente!"
falou com uma voz de doente.
"A gerente sou eu!"
uma mulher falou, meio com cinismo
(olha aí, até na hora do assalto aparece o machismo)
Ele pegou o dinheiro e voltou a falar:
"Fiquem calmos, não é nada com vocês.
Podem ficar tranquilos, podem até sentar
mas... pera aí, *cês* têm aparelho celular?"
Todo mundo disse que não.
Foi quando ele olhou para mim.
Tremi da cabeça até o minguinho!
– Olha, moço, fui fazer um exame de sangue
e eu não trouxe aparelho.
Me ajoelhei e virei a bolsa
caiu agenda, caneta, sombrinha
banana e espelho.
E ele: "Não, tranquilo, mana, tá *de boas*.
Fiquem aqui
que ninguém vai machucar vocês
ninguém quer briga."

Quando ele foi embora
só faltou dizer:
"Tchau, beijo, me liga."
Mas o pior estava por vir.

Recebi da gerente um olhar
que cravou na alma.
O olhar duvidoso e frio
dizia claramente que eu mais a dupla
formávamos um trio.
E o olhar dela só foi dissipado
quando comprei o remédio
e ali estavam meus dados cadastrados
desde o ano passado.

Não sabíamos
do assaltante qual a necessidade
talvez pagar traficante
ou levar comida para a mulher
o filho ou a amante.
Mesmo com a vida *loka*
percebi no olhar dele
respeito com os clientes
coisa que não recebi da gerente.
E apesar do rumo escolhido
alguma coisa nesta vida ele aprendeu...
talvez a ser gentil e educado.
E eu fico feliz!
porque ele era um ex-aluno meu.

Cama de gata

A vida por um fio.
Isto é o fim ou o começo?

A vida começa por um fio que se transforma em cordão. E o primeiro que tive foi o umbilical, que ao ser cortado transformou-se em laços de afeto completo, mostrando que meu destino seria atado a tantos outros.

Uns longos... Outros curtos... e tantos que não passavam de fiapos roendo a corda quando eu mais precisava.

Diziam para eu andar na linha, mas escolhi a corda bamba. E jurava que tecia meu enredo e desenredava meu caminho, mas não via que já estava tudo traçado na palma da mão.

Aprendi a emendar histórias e embalar nas redes do pensamento quem chega a mim num emaranhado de sentimentos. Atamos ideias, tecemos possibilidades e seguimos, cada qual, o pesponto de novo caminho.

Dou ponto sem nó.

Assim é mais fácil puxar o fio e desfazer o tramado, se preciso for, e fazer nova carreira com velhas sobras.

Às vezes, me enrolo em novelos para me proteger de teias que possam me deixar com a corda no pescoço, onde nem mesmo o fio da navalha é capaz de romper ardilosa trama.

E para não perder o fio da meada, sigo ponto a ponto fazendo de cada laçada uma carreira a mais nesta delicada e fina malha até chegar ao fim da linha e voltar para o começo!

Brincadeira tem hora

Eu ainda estava dentro da barriga
E já começaram os palpites
Dos parentes, vizinhas e amigas.
Tentavam prever o meu futuro
Como se fosse uma loto no escuro:
– Será um guri, para dar em cima das primas?
– Ou mais uma guria de canela fina, boa de faxina?
Me imaginavam da cabeça aos pés:
– E o nariz? Fino ou barraca pra 10?
E a bunda? Redonda pra amortecer as palmadas?
– E o cabelo? Se puxar ao pai, coitada!

Cheguei e a profecia foi meio a meio
Ninguém errou tão feio
Vim menina, canela fina, mas passo longe da faxina.
A bunda veio P... P de pequena, P de palmada
porque era da pá virada!
Nariz, nem largo nem delgado
Mas sempre metido onde não era chamado.
E o cabelo? Crespo, trançado
ora curto, ora comprido
Cada dia de um jeito, combinando comigo.
Mas por um bom tempo continuaram as previsões.
Ganhava bercinho, vassoura, fogão, boneca
Ferro de passar, panelinha e cozinha completa
Como forma de despertar minha vocação.
Mas minha aptidão era outra
O que deixava minha mãe quase louca.
Eu até brincava por algum momento...
Mas depois, abria para ver como era por dentro.
– Essa guria é um absurdo!
Não dá pra dar nada, ela destrói tudo!

É que era muito mais divertido
Descobrir o que estava escondido.

Mas depois que se cresce
A diversão desaparece da brincadeira
Lavar, passar, cozinhar
Trabalhar fora a semana inteira
Arrumar a casa de ponta a ponta
E não é mais faz de conta!
Por isso, quem tem filha acorda!
Há corda, há carrinho, há árvore
Bateria, martelo, patinete e bicicleta
Há tanta coisa pra guria ficar esperta
Fazer e ser a diferença.
Mostra como ser líder,
independente e marcar presença.
Ensina a consertar uma tomada
A trocar o pneu
E a pôr o pé na porta ou na estrada
Garantindo o que é seu.
E o contrário também vale para os guris
Saber se virar na parada
Porque mãe, namorada, esposa
Não são sinônimos de empregada.
Quer que elas façam pra ti?
Então paga!
E com todos os direitos: 13º e férias remuneradas
Vale-transporte e INSS.
Ah! E vê se não esquece e nem vem com briga:
Folga duas vezes por semana
Para sair com as amigas
Vale-refeição
E sem essa de hora extra com patrão!

Fruto do amor maduro

Amor não se escolhe
semeia, cultiva e se colhe
e o peito que acolhe esse fruto divino
deve carregá-lo com cuidado
até chegar, por acaso, ao destino.

Maçã do amor
É o início da doçura
onde afago e beijo
cada lado oposto
das maçãs do teu rosto.
Ao partir, deixo o sabor da ternura
levando em meus lábios
o calor do teu gosto.

É batata!
Será que passo, pego e amasso?
Ou sigo no teu compasso?
Não sei mais o que faço!
Me deixam em dúvida eterna
as tuas batatas da perna!

Suprassumo
Laranja do céu da tua boca
que se abre em lábios e dentes
brotando em gotas de beijo
sorvendo sumo e semente.

Pele de pêssego
Macia tal qual veludo
recebe dos dedos o toque
que mais parece um estudo
procurando sem alvoroço
o ponto exato do choque
que arrepia e estremece
a raiz do pescoço.

Mamão com açúcar
Uma mão formosa
uma mão buliçosa
que desliza e nem avisa:
Já vai apalpando a polpa.
Até que uma mão:
PÁ! – *Paia* com isso...

Limonada
Taiti, tá em mim
tá em nós o segredo
de extrair o amargo
e gotejar doçura
enquanto é cedo.
Façamos a cura
antes que o amor
só tenha o lado azedo.

Tudo passa
Com ou sem cacho
cada fruto tem seu momento
O que ficou no pé
murcha e vem abaixo
O que foi colhido
é comido e vira bagaço
Então, frutifique-se!
O tempo passa
a vida passa
e até quem era uva
passa!

Então, vem!
Vem desfrutar
nutre a ferro e fibra
só o que nos vitamina
Cobre de néctar puro
toda nossa melanina
que eu te asseguro
somos fruto do amor maduro!

Travessias de
Fátima Farias

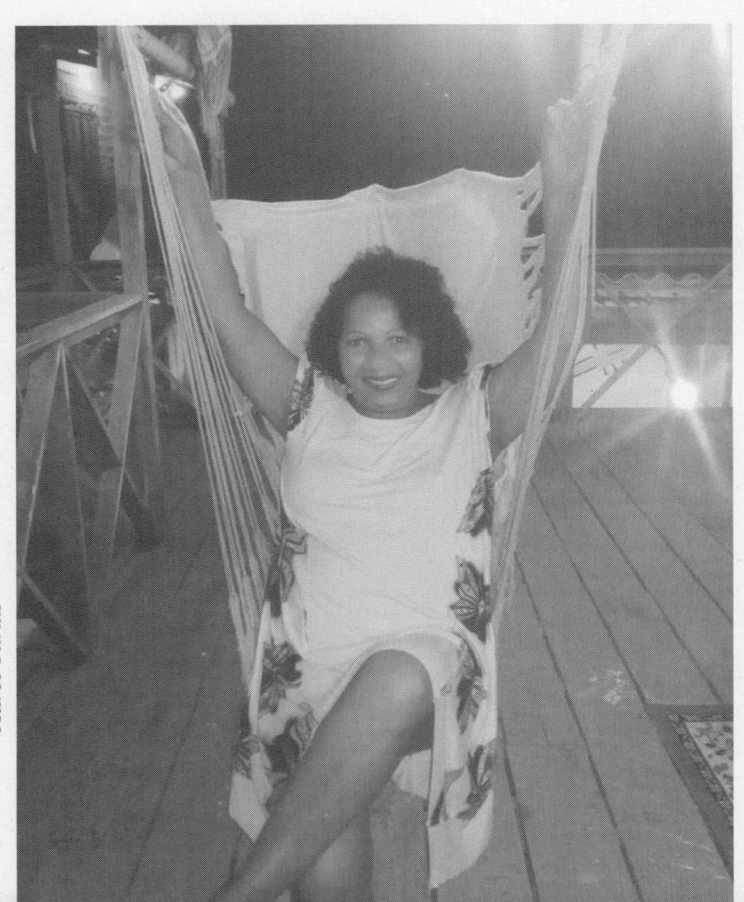

Marco Farias

Fátima Regina Gomes Farias

Nasceu em Bagé/RS.

Filha de Maria de Lourdes Gomes Farias (empregada doméstica e dona de casa) e Estanislau Farias (encanador sanitário, compositor, poeta, cantor autodidata, colaborador nas causas em busca de visibilidade por meio da arte, cultura e literatura negras).

Reside na capital Porto Alegre desde os anos oitenta.

É poeta, compositora e educadora social, tem como profissão também a gastronomia inspirada em temperos orgânicos. Seus filhos, Magda Gomes e Marco Farias, a apoiam totalmente na carreira artística, gastronômica e literária. São seus netos Lorenzo e Lucas, filhos de Marco, e Luísa Gomes, filha de Magda.

Traz seus poemas e prosas em coletâneas como *Pretessência – Sopapo Poético* (Editora Libretos) e *Aquilombados* (Editora Hucitec), a segunda coletânea que reúne os poetas do Coletivo Sopapo Poético.

Fátima Farias, como é conhecida, lançou seu primeiro livro solo em março de 2020, *Mel e Dendê* (Editora Libretos), onde reúne poesia e prosa, dando um passeio pelos slams.

Como compositora, mostra em espaços seus sambas autorais, que também são divulgados em vozes de cantoras locais como Renata Pires, Guaíra Soares, Wall Gonçalves, em Porto Alegre. São alguns títulos: *Amélia Moderna, Festa no Céu, Ziriguidum, Nosso Caso, Sem Despedida, Feitiço da Paixão, Minha Deusa, O Samba Não Morre* e muitos outros. Além do samba, Fátima cria outros estilos como milongas com essência afro-gaúcha.

Fátima Farias acredita na história do povo Negro contada de forma verdadeira pelo próprio Negro e que um mundo sem arte não há razão para existir. Suas poesias e letras fazem esse resgate em forma de afeto e denúncia. A poeta nasceu em 23 de outubro de 1959.

E-mail: fatimareginafarias2011@hotmail.com

Escreveremos escreverei

deixaremos deixarei em muros com giz ou carvão
nossos nomes
nossa voz ecoará
mesmo quando aqui não estivermos mais
outros virão e falarão por nós

escreverão em livros manuscritos farão registros
das vozes que foram caladas por séculos
não descansarei não descansaremos
aqui estarei aqui estaremos
mesmo se já tivermos ido embora

restará de nós cinzas vivas
que num sopro serão labaredas
palavras que foram caladas
serão fortalezas

não há a morte para quem reside
fora de si
não é vida viver
apenas para si

estar bem representa estarmos bem
ou é vazio
buscar sozinha não é buscar
é acumular o oco
o ócio

escreveremos escreverei
calar nunca mais
jamais
não recuaremos um só milímetro.

Bons tempos

Tempo bom
Me livra das tempestades
Meu corpo padece
Minha alma anda aflita
Calmaria esgotou
Onde está a fé bendita
A fonte secou
Cadê a bonança depois do temporal
O pote de ouro atrás do monte
Para nos livrar do mal
Tempos cruéis se aproximam
Fantasmas rondam a cidade
Queremos a salvação
Dá tua mão
Me recolha desse chão
Traz de volta a liberdade
Meu pedido sendo aceito
Saio desse leito onde faço oração
Mato a fome
Deixo o relento
Bebo água
Me alimento
Do mais bençoado perdão.

Identidade

Não existe cabelo ruim e sim identidade assumida
Abracei a minha há um bom tempo
Criei meu mundo saindo do poço das incertezas
Posso ver e tocar a beleza que minha raiz representa
Sem tristeza
Não estou mais em cima do inseguro muro
Despertei com sede de aprendizado
Essa busca não cessa
Se alimenta na pressa de se valorizar
Eu meu chão minha raiz meu lugar
Nada preciso fazer para provar
Descobrindo quem sou e isso basta
Não poderia ficar aceitando a *mulatice morenice*
Sem luta sem freio
Acordei a tempo
Tenho orgulho de minha Negrice.

As pedras

Sou filha da vida
uma santa me gerou
vivo a vida honestamente
um poeta me ensinou
por orixás sou protegida
nada me causa pavor
do dissabor e tristeza
faço um chá de amor
é claro que em meu caminho
muitas pedradas levei
com elas marco minha estrada
de volta nunca joguei
mulheres quando amadurecem
usam a imaginação
é impossível ser feliz
sem amor no coração.

Brincadeira de roda

Dá tua mão
Vamos todos cirandar
Um pau no gato
Eu não quero mais jogar
O gato mia
Um miado sofredor
O peão entra na roda
Olha o barquinho do amor
Pula pula pula corda
Roda roda rolimã
Subir na árvore
Fazer papel de macaco
O rio é doce e fundo
A bola cai no buraco
Pandorga ao vento – que momento
Não dá para explicar
Uma canoa sem rio
Um rio que quer remar
Não tem peixe na areia
Mas tem peixe lá no mar
A natureza brincante
Vale mais que diamante
Me inspira muito ver
Esses sorrisos gigantes
Pula fogueira bate tambor
Brincar sorrindo
Esqueço a dor
Me conta um conto
Eu quero ouvir
Mil brincadeiras
Quero sorrir.

Tempo de nostalgia

Quase Natal, eu passando à frente de uma residência, avistei olhando através da janela um triste cavaquinho sem cordas surrado e velho exposto como relíquia na parede. O instrumento tinha características de ter sido muito usado e o momento me levou rapidamente à infância.

Muitas recordações surgiram com a rapidez do vento e do tempo.

Meu pai e seu cavaquinho.

Ao fechar os olhos, ouvi meu pai cantarolando Cartola, com a voz branda e suave como em oração ...*que bobagem as rosas não falam, simplesmente as rosas exalam o perfume que roubam de ti...*

Tempos de nostalgia, época de Natal, a lembrança é viva e as rosas nunca hão de falar.

Foi um feliz dia.

Candura

Tudo o que entristece
é fruto do crescimento
olhando de um lado para o outro
ninguém é perfeito de fato
Veja os fatos
atire a primeira pedra
quem for livre de pecados
olhe para um
olhe para o outro lado
Os rastros ficam
todos têm um passado
o que entristece serve para o amadurecimento
Como a fruta quando de tão madura apodrece
será adubo para outra tenra e pura
Na verdade
ninguém é um anjo de candura.

Há poesia em tua saliva

Quando teus lábios tocaram os meus
senti um frenesi
um arrepio frio
que me aproximou de deus
havia poesia em tua saliva
magia
nos lábios teus

Nossas línguas
cobras sedentas
sugavam o néctar flor
veneno mortal
vida
para o êxtase total

Havia desejo no corpo teu
no meu
concordância
dança nupcial
sonho real
fatal

Falo que não fala
me emudeceu
havia poesia
no gesto teu
saliva
no canto da boca

Senti poesia
Magia
Enfim
Apogeu.

Oyá

Somos tempestade
às vezes ventos lentos
mansos espertos
somos raios que iluminam mentes
cortam correntes
em curto-circuito

Oyá
dança ancestral
na cura que é resgate

Risadas
gargalhadas
ninguém nos cala
a não ser o próprio vento

Somos de muitos homens
e donas do nosso nariz
mestras e aprendizes

Oyá
segura as pontas
os lados
e os fins.

Minha vizinha é louca

Minha vizinha é louca.
Como descobri não pergunte, pois nem eu mesma sei. Imagino que seja, reparo no seu jeito, escuto às vezes vozes altas em muitos tons recitando versos rimados a si própria. Mora sozinha minha vizinha.
E quando repete o canto do passarinho? Fico incomodada enquanto ela sorri parecendo feliz entre tanta confusão, o mundo acabando, a fome aumentando, pandemia se alastrando e ela ali, falando com a gata, mexendo a terra da horta, deixando o sol e a chuva invadirem sua sala.
Fala pelos cotovelos essa minha vizinha, e quando canta seus autorais "...a lua desceu do céu, pintando a rua de prata...", me faz esquecer que sou triste, mostra uma esperança que pensei não existisse mais. É serena essa minha vizinha, como consegue?
Vou tentar outro dia chamá-la pelo nome, que nem sei ao certo, e pedir uma receita de cuscuz, criar uma desculpa, pois na verdade quero mesmo é que sua loucura seja contagiosa, me tornando tão esperta e feliz quanto ela. Quero fazer do canto minha autodefesa.
– Vizinha doida varrida dá uma chance a essa *miga*, um bom-dia de vez em quando para que eu crie coragem, colocando na bagagem um pouco de sua doçura, entendi que normalidade às vezes causa cansaço, dor no peito, embaraço.
Ouvi outro dia de alguém que ela escreve poesia, será esse seu segredo?
Loucura abençoada.
Poesia nascendo na alma, brotando na ponta dos dedos e sendo plantada no coração.

Entre a cruz e a espada

Anjo
Vem cuidar de mim
não me deixes assim
entre a cruz e a espada
estou no vão invisível
onde perfeitamente
cabem tuas asas
Anjo não tardes
me falta o ar
tenho sede
temo cair no abismo
me sinto demoniada
Anjo
sou uma fera ferida
quase no fim da jornada
Vem
antes do último suspiro
Já me faltam forças
não me deixes abandonada.

Insanidade

Se acaso encontrares por aí
Um poema perdido
Bêbado
Cansado
Abatido
Desnutrido
Fudido
Sou eu o poema
De tanto riscar frases soltas me tornei
                                     trapo humano
Vergonhosamente insano.

Loucura

Toda poeta é louca
vê versos brotando das pedras
transfere para o papel
e como se não bastasse
viaja intimamente
a cada olhar para o céu
Poetar é quase demência
desfaz solidão, afasta carência
que afeta mentes vazias
Ser poeta
é ser loucura
A vida pode ser dura
enquanto poesia
é cura.

Antigamente

Mulata tipo exportação
Cabelo cacheado com química
Para esconder a parte *ruim*
Ancas largas
Bunda grande
Bem ao gosto do freguês
Mulata
Termo antigo cheirando a trepada
Vende bem na propaganda global
                                      elitizada
Lábios grossos
Batom vermelho
De preferência boca fechada
Sem falar nada
Produto exportação
Não fala.

Tempero

O que há no teu tempero
que mistura ele tem?
É fruta?
Pimenta-de-cheiro?
Aroma que me faz bem
tem cravo, rosa, tomates
até poesia encontrei
O que há nessa mistura
que me leva tão além?
Tem sabor de alegria
traz lembranças de quintais
com gotas afrodisíacas
que curam os nossos ais
O que há nessa panela
que mexes num vai e vem?
Fazendo sair lá dela
doses certeiras que convêm
O que há nesse tempero
que muda a todo instante?
Quem chorava, hoje sorri
com brilho de diamante
Diz ela:
– É gastronomia pura
alquimia viva pulsante
se espalha em cada verso
nos tornando da receita
fiéis amantes.

Outra vez

Mariana chega à minha casa escondendo o rosto com as mãos, falando baixo, tão baixo que quase não a ouço. Se acomoda no sofá na parte mais escura da sala, eu a observo fingindo calma. Aconteceu outra vez, balbucio entre os dentes. Ela não quer se mostrar e a penumbra favorece a invisibilidade dos machucados no rosto, fico só imaginando.

Entramos em um diálogo repetitivo, o mesmo de sempre, o mesmo de anos, ela começa a soluçar baixinho, somos naquele momento duas mulheres Negras cada uma em seu lugar, porém iguais, sem diferença de idade ou de posição, características suficientes para entender uma a outra. O choro aumenta, agora ela não mais se esconde, está confiante, precisa falar, contar outra vez a mesma história, e eu serei outra vez a ouvinte fiel. Alcanço um rolo de papel, ao que ela agradece, peço calma quase exigindo que me conte tudo o que aconteceu, digo que se sinta à vontade para falar o que quiser. Ela apenas chora. Consigo ver agora a gravidade das marcas nos olhos, pescoço e face, finjo estar calma, mas por dentro me ferve uma ira, perguntas que não se calam: – Por que eles se acham no direito de machucar as mulheres? Por que elas voltam para esses mesmos homens?

Será que precisamos passar pelas mesmas dores para entender as dores dos outros?

Não devia ser assim, mas penso que seja.

Outro dia a mesma Mariana esteve aqui em casa com seu menino João, garoto de seis anos de idade, filho do casal, ela estava alegre, forte, *de boas,* disse ela, quando perguntei. Mas ocorreu algo que me preocupou nesse mesmo dia, o menino falou bem baixinho olhando para mim: – Meu pai saiu da cadeia... Dei atenção sem deixar transparecer preocupação, mas algo ficou me incomodando desde essa data. E hoje, nem uma semana depois, chega machucada desse jeito.

    Sei que é complicado, já falei, passei por isso, sei o quanto é complicado e no meu caso não tinha com quem conversar, foram tempos muito duros, por isso sei o quanto é complicado.

    Passaram algumas horas, ela agora mais calma, aceita o café e começa a contar o que houve.

    O cidadão ganhou liberdade e se reaproximou querendo o filho. Fez isso altas horas da noite, pulou o muro da casa, invadiu o espaço que ele conhecia muito bem e a surpreendeu dizendo ter ido buscar o menino, o que a mesma não permitiu. Isso que ele tinha uma certa distância para ser respeitada determinada pela Justiça. Depois de alguns minutos começou uma violenta briga, socos, pontapés e faca, ele a arrastou pelo pátio sob os olhos de sua mãe, seu irmão e seu filho João. Ela conseguiu se safar e logo a polícia chegou (um vizinho chamou). O meliante fugiu, está sendo procurado. Ela foi levada para o atendimento na própria viatura e logo depois para a delegacia para prestar queixa.

    O resultado do que houve estava ali na minha frente, uma mulher jovem, bonita, tez escura e viçosa com os olhos fechados pelos socos, costela marcada pela tentativa de uma facada.

    O choro volta quando ela lembra do celular que ele quebrou com todos os contatos das faxinas, chora, chora muito.

    Me pede algum dinheiro, pede desculpa pelo incômodo e sai sem sequer um abraço.

    Depois disso tudo, o que mais me assusta é a certeza de que ele vai voltar, está raivoso, é animal e nada tem a perder, a tem como uma propriedade.

    A fala do menino João não sai do meu pensamento:
– Meu pai saiu da cadeia.

    Que futuro terá esse menino?

Um dia

Se um dia eu for poema
que seja desses curtos
com poucos versos
para quando tiveres pressa
me possas ler
em placas de caminhão
calendários
agendas
se eu for poema
que seja flor
trazendo rabiscada as pétalas
com meu e teu nome com letras miúdas
que só teus olhos possam ver
que o poema seja duradouro
não desapareça com a chuva
que ele seja fixo
na parede de tua alma.

vento leve é brisa
a poeta é poetisa
na folha branca de papel
poesia concretiza

Palhaço

Sou um palhaço e atuo
na vida-palco sem lona
quando no fundo do poço
em segundos volto à tona
O cenário palco real
cortina escancarada
cada dia novo que nasce
sinto-me mais impulsionada
Sigo devagar e sempre
respeitando os desvios da estrada
sou plateia atuante
estreando a cada jornada
Nesse terreno valioso
sempre encontro ternura
o que é bom permanece
e o ruim pouco dura.

Travessias de
Delma Gonçalves

Estúdio Nuvem de Afeto

Delma Gonçalves

Nasceu em Porto Alegre, é poetisa, compositora, produtora cultural. Graduada em Letras com pós-graduação em Produção Textual. Suas poesias estão em coletâneas desde 1994. Em 2006 ganhou o 1° lugar no concurso da Faculdade de Filosofia, Ciências e Letras de Mandaguari, no Paraná, com o poema *Lanceiros Negros*. Autora do livro *Cinco Décadas de Samba no Bairro Santana* (Editora Cidadela). Faz parte da Academia de Artes, Ciências e Letras Castro Alves, de Porto Alegre. Participa como primeira secretária da Associação dos Sambistas e Compositores Gaúchos, é integrante dos coletivos Sarau Sopapo Poético, Ponto Negro da Poesia; Coletivo Nimba/A Única Negra; Mulheres do Samba Sul e do Arte Negra/RS. No ano de 2016 foi produtora executiva do CD duplo com 28 músicas que fez em parceria com Bedeu: *Na Poesia e na Canção Elas e Eles Cantam Bedeu & Delma*. Em setembro de 2019 participou da Bienal do Livro no Rio de Janeiro pela classificação de sua crônica *Manhã Atribulada* na coletânea do livro *Negras Crônicas* (Editora Villardo/RJ); neste mesmo ano lançou seu livro de poesias *O Som das Letras,* na 65° Feira do Livro de Porto Alegre. No mês de outubro de 2020 foi classificada no concurso cultural Feci/Inter/Histórias do Inter com a Medalha de Ouro. Em 2021 fez parte da Coletânea Internacional África/Brasil do livro *Kutanga*; da seleção *Poesia Brasileira Poetize – poesia em tempos de pandemia* (Vivara Editora), com o poema *Minha Casa*; e ainda da segunda edição do livro do Coletivo Sopapo Poético, *Aquilombados*.

E-mail: delmaletras@gmail.com

Alarde

Na tarde que arde
Procurei meus versos poéticos
Em desuso
Sem fazer alarde
Lá estavam eles
Quietos quase mofados
Ainda com a cara do século passado
Como qualquer artefato
A minha contemporaneidade inquieta
Despertou a sua sonoridade
Remexeu em suas entranhas
Apáticas
Dei um murro nas vírgulas
E nas acentuações
De seus envelhecidos sinais gráficos
No novo acervo renovado
Atualizei-me!
E acabei de vez
Com o tal dilema
Ortográfico!

Sair de cena

Se eu partir assim
Sem me despedir
Sem olhar pra trás
Simplesmente ir
Silente pássaro a voar pelas planuras
Serão movimentos a deixar rastros
Simétricas
Semiplumas
Suaves
Sonoridades
Sensitivas
Sensualidade
Sublime filha de Oxum
Sensibilidade materna
Sabedoria intuitiva
Semeio a repartir
Somente amor
Singularidade
Status
Silenciosidade
Subir
Sumir
Sair sem volta
Sutil solo voo da liberdade
Só o que vai ficar...
Saudade!

Meus meninos

Dizem que quando uma poeta escreve versos
São partos que se repartem na soltura da dor
Ou como a harmonia do músico
A fluir melodias de seu interior
Como a música que nasce da alma
São atos, afetos nascidos
Sentimentos clandestinos
O ventre que dá à luz emergente
Criaturas, fios, nascimentos
O amor que vem de dentro e se espalha pelo mundo
Não são mais obras da gente
Nossas inspirações de fórum uterino
A se espalharem pelo mundo
Vão fazendo seus caminhos, seus ninhos...
Assim como passarinhos
Obras-primas de minha libido
Amores do meu destino
A ária orquestrada em tom masculino
A poesia da canção mais bonita
Em seu melhor estribilho
O meu hino, os meus erês
Meus filhos
Os meus meninos!

Para Juliano e Diego

Ode às mulheres

As mulheres do meu destino vêm de uma distante galáxia, saltando de asa-delta no quintal da minha vida. De olhares sutis, profundos. Mulheres do mundo. Em algumas me identifico. Coisas da ciência. A mesma descendência que lhes dá fama. Fraternas em suas resplandecências, elas têm a chama. Confidentes, carentes, amorosas, éticas. Abrem-me às ideias. Fazem do meu futuro laços duradouros. Nos momentos de tristeza, têm o dom da palavra. Dão-me o colo, o ombro amigo, o aconchego que preciso para cada dia da semana. Prestativas, eficientes, intuitivas, afetuosas, sinceras. Cheias de bom humor e cumplicidade, ofertam-me néctares de felicidade. Inteligentes, filosóficas, guerreiras de soberanas dinastias. Fortes, decididas com suas lições de vida, lembram as rainhas africanas Candaces, Nzingas, Dandaras. Mulheres raras. Mães para os momentos de reflexões. O céu... meu chão... A batida do coração. Solidárias, enriquecem-me com seus vocabulários abreviados, linguagens da internet. Num simples "oi" carinhoso abrandam a minha solidão como num passe de mágica. E as que brincam com as palavras e fazem delas uma festa? Ah! As mulheres poetas com seus poemas românticos, contemporâneos, ecléticas, malabaristas das letras, elas têm maestria. E as com brilhos de estrelas fazem do tom da voz a sonoridade como liturgia. Mulheres pretinhas, sararás, esbranquiçadas, afrodescendentes, índias, de cores encantadas. Estrangeiras, poliglotas, numa aquarela abrasileirada. As que passam por mim anônimas, num aceno de bom-dia, no súper, no shopping, no cinema, na rua, no calçadão. Alegrando-me numa simples saudação. As que nos momentos de nostalgia levam-me à alma. Curam-me as dores com seus acordes musicais a cantar. Os sons de seus acalantos sabem fascinar. Elas vão cruzando meus caminhos, num incontido renascer. Muitas outras virão, algumas irão desaparecer pelas nuvens do acaso. Com suas imagens inseridas, figuras interativas. Jamais serão esquecidas. Ficarão nas entrelinhas de um poema que ainda vou fazer. Sonorizadas por um *blues* ou chorinho embalando meu viver. São aquelas que vou conhecer. Enfeitarão minha última morada com as sementes brotadas num canteiro a florescer. Mulheres de todas as vidas são as luzes do universo, o majestoso alvorecer. Com seus ventres, intelectos de sorrisos maternos. O passado e o futuro serão eternos. Esotérico princípio de um infinito permanecer...

֍

Na seara da vida
O que fica e transcende:
O halo dos dias felizes!

História inventada depois da meia-noite

Abri o véu da alma na noite que jazia. O clima quente do ar insistia tirar-me o sono, driblando a rotina da minha cronometragem habitual do tempo. Depois da meia-noite todo pensamento é profano dentro dos sagrados desejos que nos despertam nessas horas. Quero descansar a mente do corpo envolvido em gritos mudos à flor da pele, que ficam assim num só permanecer. Ecos do passado em nuvens de algodão passeiam feito fileiras de carneirinhos. As ideias fervilham. Andando pra lá e pra cá, o quarto me olha com um quê penalizado. Abro o closet e, num canto nas prateleiras do armário ali dentro, alcanço a loção corporal e faço massagens nas voltas da memória. Ilusória é a vivida história que passou feito um pé de vento atropelando o sentimento, que tento ocultar e que já não cabe mais em mim. Sinto que a palavra "esquecer" ainda tem importância dolorosa e íntima. Quero aprender o significado do desapego, no entanto ela ainda se instala como um fato consumado, assim como quando um céu em noites de estrelas, dias de sol, temporais – fenômenos que sempre voltam porque sabem que é seu lugar na atmosfera –, mas não são de eternas permanências. Ali é seu lugar momentâneo e pronto. Assim me vejo num mar de quereres. Desapegar desse desassossego é preciso. Desse enredo de conto de fadas sem rei, sem a coroa de majestade. A cara-metade que foi um dia por inteiro, hoje já nem sei. Só sei que a dimensão é profunda do que me flechou. O teu não mais envolvimento ainda permanece fazendo estrago em mim. Todo dia me pergunto como sobrevivi a esse vendaval de emoções, quando me pego ouvindo aquela canção: *"Foi um rio que passou em minha vida e meu coração se deixou levar..."*

As lembranças ficam no cio. Penso no macio das mãos do tempo em carícias pelo meu corpo a me curar das cicatrizes. Há um contrassenso em lembrar-se do que não se quer esquecer. Do que ficou como tatuagem no pensamento vadio. Tento ajeitar-me na cama-box procurando o sono perdido. E a cama, como se falasse pra mim, diz: vem, deita, aqui é o lugar certo pra secar teus prantos... seus desencantos... e banir da cachola o velho endereço do teu coração. Teus segredos segredados... Vem, abraça o amigo travesseiro. Ele é teu esteio. Psicanálises em análises da crua realidade com a fragrância imaginativa do cheiro das claras manhãs. O que se foi e se perdeu na linha do horizonte não volta mais. Procura outros perfumes e te embriaga de renovadas perspectivas de afetos. Acorda para um real adormecer... Desamarra o fio das amarras de te prender. Sobrevive mais uma vez, mulher. Tu és guerreira. És resistente. Mostra do que és capaz. Dá um basta! Dá adeus aos resquícios do sofrer. Amanhã, quando acordares, estarás novinha em folha para recomeçar a viver.

꧁꧂

Depois que saíste
Batendo a porta na minha cara
Levantei e me reconstruí
Sou mulher de brio, de fibra
Pensas que me abala?
Sou de Axé
Sou de Odara!

Poema de amor em pedaços...

Praticar o desapego
Soltar as fronteiras do medo
Exílio-solidão
Expelir as migalhas mágoas...
Do dissabor
E fazer-me um favor:
Soltar os pedaços dessa dor
Sentir o seu sabor escorrer pela garganta
Pela alma
Por onde ficaram guardados restos de afeto
Em seu interior
E vê-la se esvair pelos poros
A se evaporar no espaço do futuro
E assim...
Celebrar os rumos do seu infortúnio
Na metamorfose de atuais anseios
A se abrir num novo conceito
De transformação...
Do que é preciso recompor
E se aceitar como um direito
A vinda de novatos sentimentos
Com as gotas curativas do tempo
Em seu esplendor
E beber em copos cristalinos
Goles de sangue pulsante...
Daquele finado amor!

Fábulas do dia a dia

Os olhares se cruzaram
numa esquina qualquer da aldeia
Rolou promessa, beijos à beça
noites em festas, dias de alegrias
O romance da princesa e do príncipe encantado
misturava-se às histórias do dia a dia
Sorrisos, abraços dos enamorados
cumplicidade, confiança, uma vida de esperança
Mas de repente...
o jogo pra ela se torna sentença
tipo premonição ou aviso
Nesse dia ele disse pra ela:
"Vou dar um rolê por aí e já volto"
Ela esperou, esperou... ficou a rezar...
cansou de esperar. Visível rotina...
A espera não tinha hora nem dia para acabar
Seu destino ficou na berlinda
Foram tapas na cara todo o dia
para não mais reclamar
Assédios, surras na alma
a descrença machucando a união
O conto de fadas virou fumaça
o cheiro da cachaça, a moral em desgraça
Onde foram parar as promessas da paixão?
Passou a ser estatística e a paz na contramão!
Os fins de semana em solidão
Nas marcas da camisa, o batom
Este amor – sinônimo de traição
A espera se tornou a dor do desamor
Um dia, sem mais nem menos, um clique!
Ela resolveu mudar, vestiu a capa da vergonha
muniu-se de coragem em busca de liberdade
embarcou na viagem pra nunca mais voltar

Virou tema de fofoca: mulher à toa sem coração
deixou o pobre coitado na mão
Mal sabiam de sua cruz, mas que dela fez a sua luz
para o caminho da emancipação
Agora ela é uma dona de respeito
por sair ilesa da submissão sem nenhum arranhão
restando-lhe apenas um despedaçado coração
E o mulherio quer saber
como ela conseguiu sair desse jogo
de cartas marcadas que a vida lhe entregou
de bandeja nas mãos
Mas toda regra tem exceção...
Em meio a tantos feminicídios, suicídios
matança com arma de fogo ou de facão
A coragem e a dignidade de dar o primeiro passo
foi a luz no fim do túnel
Da fábula ao romance, quem disse que isso é ficção?
A sua sina de princesa lhe deu o direito
de ser coroada
como a princesa Diana da Inglaterra
ou a rainha Amina da Nigéria
mas simplesmente
uma mulher brasileira
dos dias medievais aos atuais
ela teve a superioridade de não se render ao medo
e foi avante, uma heroína feminina
dos folhetins contemporâneos
Hoje, as mulheres em todo lugar
respeitam-lhe e invejam o seu poder de decisão
pedem conselhos, lhe beijam as mãos
Tornou-se o protótipo do que agora
cabe-lhe por direito como um jargão:
a mulher maravilha, aquela que disse NÃO!

Cidadãs

As falas das minhas avós Alexandra e Graciosa eram rígidas, precisas, imbuídas de dignidade e ouvidas com respeito. A voz de minha mãe Carlinda tinha a calmaria e a generosidade do amor sem distinção como um direito. O sorriso e o abraço de minha tia Teresinha ressoavam um poder de alegria em seu nobre afeto de efeito, entre nós duradouro e perfeito. Elas me impulsionaram a viver a vida de um novo jeito, sem ter medo, com coragem de seguir em frente seus preceitos. Toda a mulher traz em si ensinamentos desde que nasce e, ao longo de sua jornada, uma lição de vida. Vai estar sempre abrindo caminhos para seguir em frente. É isso que as mulheres sempre fizeram no passado sem se darem conta, foi um modo de se socializarem, de se educarem para enfrentar o mundo e saber lidar com o outro de forma a interagir com o ser humano e se integrar junto à sociedade. Hoje, meu apreço vai a essas nossas mulheres negras protagonistas de novas histórias, que buscam novas rotas para desempenharem seus papéis na sociedade em que cada uma com seus anseios, suas lutas por reconhecimento, suas trajetórias, trazem no bojo aprendizados nos traços da ancestralidade, assim como eu vivi. Logo, está espelhado no fio condutor de cada uma o abrir de novos caminhos em suas vidas, vindo a existir um fator preponderante a lhes guiar: A ESPERANÇA, e este sentimento vem de longe, como a fala das mulheres da minha vida, onde o respeito está em primeiro lugar para se sentirem em igualdade sem discriminações e preconceitos. Em segundo lugar, a generosidade do amor em si a que elas se propõem a partir dos seus feitos como um bem sagrado a dividir seus conhecimentos. Em terceiro lugar, o sorriso, que abre portas como a cantoria de Dona Ivone Lara: *"Um sorriso negro, um abraço negro traz felicidade"*. Isso tudo, se juntarmos à nossa autoestima, será de um efeito tão forte como o que nos foi tatuado ao nascermos – o brilho preto da pele. A nossa diferença é só isso, porque o resto somos todos iguais, e as mulheres que se propuseram a seguir em suas caminhadas de luta pela vida para um lugar ao sol merecem estar em todos os lugares dignos como qualquer cidadã de respeito, pois viver a política com igualdade e liberdade na atual conjuntura lhes é, sim, imprescindivelmente um direito.

Depoimento às mulheres candidatas nas eleições 2020

Viagem

Viajo em mim para um lugar que não conheço
Lá estão meus tropeços
Meus deslizes
O que restou enfim
Do meu eu soturno
Da timidez inclusa
Do manto véu confuso...
Dos absurdos
Do que ficou no meio do muro
Do meu colorido corpo excluso
Oculto no escuro
Insisto na esperança revolucionária
No futuro do presente
Do que se esconde
Dentro do meu ser e que procuro ver
Na metafísica aristotélica
Restos de minha estrutura suburbana
Utópica... volitiva... autônoma...
Da ética, da estética...
Da poética imagética
Eclética...
Do que ainda tenho que aprender
Do que ainda tenho nessa vida
A oferecer!

Um nome...

Fui pesquisar um nome, desses a se destacar em nossa literatura afro-brasileira.

Descobri um bem singular e o seu significado designa "mulher doce", mas de origem germânica.

Observei então, numa visão globalizada, lindos nomes e sobrenomes de senhoritas do Brasil, mulheres tão populares com suas cores empoderadas, algumas azeviches, afros, amorenadas, outras de peles claras tipo sararás, alvas, olhos azuis, loiras platinadas a nos trazerem em suas referências o protótipo feminino de encantos mil, então percebi que além da imaginação, destacam-se aquelas que a mídia elege na música ou nas novelas.

Novos rostos alvos impactantes que seduzem.

E as negras meninas das favelas?

Quem as traduz com seus pretos rostos seminus? Elas descem dos morros e periferias de cabelos encarapinhados. Ao chegarem ao solo urbano lhes projetam catalogados planos e, para embranquecer a mulherada, alisam suas melenas africanizadas fazendo de seus perfis novas fisionomias a reproduzirem-se nas telas, texturas pretas em tons esbranquiçados de suas melaninas belas.

Logo pensei: chega de ficar alienada assistindo a nossa tez ser deturpada. É preciso colocar a realidade para nossas negras mulheres serem mais respeitadas.

Estou cansada de ver essas barbaridades preconceituosas ao nos traçarem modelos estereótipos sem nenhuma meta.

Então, decidida, procurei entre nomes e sobrenomes um que representasse sem dúvida nenhuma a forma que expresse o talento de nossas escritoras negras poetas.

Que tivesse na sua descendência a "preta essência", com o brilho ébano da sobrevivência na luta cotidiana.

E trouxesse o passaporte para o futuro de seu trabalho suado e dando duro ao trazer o alimento para os filhos, mesmo sem perspectiva de nada. Assim como eu fiz num tempo, quando me vi sozinha, com meus filhos, batalhando em precárias condições pra ter o meu nome digno a fazer parte da história, tornar-me, além da genitora, a competente escritora, profissional das letras, nessa linha, sem essa de ficar em cima do muro das lamentações.

Queria, sim, espelhar-me entre tantos nomes. Como o de uma solitária heroína.

E que representasse a minha poesia e de nossa gente pretinha.

Estão, eu fui por aí a abrir culturais clareiras, nesta floresta de incompreensões.

À busca de uma verdadeira mulher que tivesse a cara da escrita brasileira, com seus simples e talentosos lampejos.

Sem que lhes colocassem nesses tais "quartos de despejo", que tanto excluíram os nossos ancestrais, por viverem a sutil metáfora de que nada lhes iluminaria, com o estigma da pobreza de meu povo sofrido, selo de uma marca registrada e que ainda permanece em nossa memória difícil de apagar.

E nessa busca finalmente eu encontrei a Carolina.

Aquela menina de pele preta retinta que vivia pelas avenidas a sonhar, catando papel, livros, jornais e por si só aprendendo o bê-a-bá. Fazendo na forma bruta de sua labuta um novo status que lhe conduz à intelectual liberdade de até estar em jornais, a se fazer jus pelo talento, exposta nas páginas da internet.

Simplicidade de uma pessoa que deixou seu nome na história de meu país.

A representante de nossos futuros aprendizes, mulher preta guerreira que se tornou fenômeno internacional e na literatura quebrou todos os tabus.

Ah! Como é bom saber que a minha pesquisa não foi em vão.

E que entre as celebridades de escritores de nossa nação estava lá a pretidão ganhando brilho mundial de renome que traduz o nosso orgulho em seu codinome: mulher do povo, ela que veio abrir em nossa vida uma nova luz.

Seu nome?
Carolina Maria de Jesus!

೧೪

Um coração sofrido é assustador
Cultive o perdão
Sentimentos-pérolas
Assustam a dor.

Autoestima

O vestido estampado
Mistura de um amarelo dourado
A refletir a herança pele índia negra
Encharcada num perfume de aromática fruta romã
O ouro de Oxum onisciente nas pulseiras
A refletir o colorido dos balangandãs
Batom vermelho de um tom estonteante
Parecendo colhidos apetecidos morangos
Nos lábios escarlates com seu sorriso brilhante
Na cabeça a coroa charmosa da rainha Amina
Envolta num bonito turbante
Enrolados no pescoço até o colo dos fartos seios
Colares guias e patuás com as pedras dos orixás
De cores exuberantes
As sandálias de salto alto prateadas
Enfeitando as pernas bem torneadas
De um bronze insinuante
A cada passo que dá
O orgulho da descendência reinante
Vai anunciando o ritmo do suingue rebolado
Ancestral dançante
Sai para causar no Sarau Poético de Poesia e Canto
Ai de quem vá contrariar essa filha de Olorum
Com ares de rainha
De herança África-Brasil
Exalando enigmas...
Insígnias...
Pra que companhia?

13 de maio de 1888

No dia seguinte, o tal de 14 de maio
Peguei meus panos de bunda
Amarrei num lençol surrado
Os desenganos e minhas chagas profundas
Fui pro meio da rua
A consciência dizia siga em frente, vá à luta
Com fome de liberdade
Minha mente gritava socorro
No cérebro consciente junto aos sobreviventes
Só se via meus irmãos desnorteados
"O que é isso, minha gente?"
Sem moedas, pouca comida, a voz rouca.
Sem emprego
A um passo de viver na rua da amargura
Sem rota, cada um a seguir seu destino
Sem endereço
Desacreditados dessa falsa lei enganosa
Pés descalços, corpos suados
Sem direção futura, esse foi nosso enredo
A Lei Áurea! Abolição da escravatura
Mentiras, artimanhas, embustes
Racismo, preconceitos como um mal que perdura
Repercute até hoje no século XXI
A resistência do povo negro
Frente à negação absoluta
Da falsa bondade...
Das inverdades nuas e cruas
Ainda nos machuca o ato reacionário
Daquela princesa *fake* com a sua assinatura!

Fonte criativa

A manhã nublada promete... A pressa matinal tropeça nas curvas do caminho. Na rapidez dos passos tento driblar a atmosfera úmida da estação cinzelar. Coloco o meu ray-ban, ajeito o cabelo encaracolado que se alvoroça com o beijo do vento Minuano nos seus fios rebeldes. O vazio da mente começa a acordar ante a paisagem cúmplice das primeiras horas, que anuncia o início da labuta. Viajo pelas pegadas andarilhas do tempo rumo ao escritório. A rua ainda deserta desperta a pressa de chegar ao batente, do meu jeito contente. Pelos vidros da janela visualiza-se a escrivaninha. Na mesa, os papéis, a caneta... à espera de mãos macias para tocarem a sonoridade melódica das palavras ainda virgens... Ali elas já começam a se insinuar pelo ar – a se esparramar com fome de mensagens fictícias. O branco das folhas vazias é um convite para inovações. Sinto-me precipitada... atemorizada... aflita, mas contente. O molho das chaves abre perspectivas, em seu barulho tradicional. No ambiente, o clima propício: silencioso silêncio. Desvisto a jaqueta. Dependuro na cadeira ansiedade. As minúcias das horas decretam a inutilidade da correria. Os invisíveis problemas catalogados na memória. As políticas a penetrarem pelos vãos dos acontecimentos globalizados que vão se perdendo repetitivos nos anúncios dos jornais. As manchetes sangrentas já não atraem a curiosidade do mundo nem dos olhos do futuro. Violências como feminicídios, racismo, vírus, vacinas, imunização estão por toda parte, são assuntos corriqueiros como se fossem normais em qualquer época do tempo. A rotina chega aliada de ânsias e eu saúdo a felicidade de estar ali viva. Na minúscula sala, os gestos cronometrados atropelam o imaginário de um tudo. Os pensamentos fervilham. O flash no cérebro cintila em tons lúdicos... O trabalho não dá trabalho... Observo que a sensibilidade se aflora. Escrever é como revirar segredos guardados dentro de mim. Prescrevo o sorriso do meu pensamento, alio-me ao momento no auge do que virá. Escrevo como se tivesse fome de palavras inovadoras, vindas de outras galáxias. Pausa... Levanto a bunda da poltrona, me aprumo. Dou um tempo para o silêncio se tornar mais reconfortador. A cafeteira é a única presença que incentiva o sentido gustativo do ato de se expressar. O cheiro da cafeína dança no ar seu sabor amargo de despertar anestésico. De se renovar... O espelho da vidraça reflete a realidade nua e crua. Vida em alvoroço. A manhã passa rapidinho. Automaticamente estou. Passo meu batom rubro. O sabor do café incentiva-me a produzir. Acendo um cigarro e trago a fumaça em espiral deixando rastros de seu odor rançoso característico e apaixonante como um ímã que me anima a penetrar no verbo em seu estado imaginativo, sonha-dor-a-mente... Aí, mergulho na fonte criativa do meu lado sensível, ante as ideias fervilhantes do dia a dia...

Travessias de
Lilian Rocha

Diego Lopes

Lilian Rose Marques da Rocha

Natural de Porto Alegre/RS, é farmacêutica e analista clínica (UFRGS), especialista em Homeopatia (ABH), musicista (Liceu Palestrina), escritora, facilitadora didata de Biodanza (IBF), com formação em Educação Biocêntrica (CDH/UB). É autora dos livros *A Vida Pulsa – Poesias e Reflexões* (Editora Alternativa, 2013), *Negra Soul* (Editora Alternativa, 2016) e *Menina de Tranças* (Editora Taverna, 2018). Coautora do livro *Leli da Silva – Memórias: Importância da História Oral* (Alternativa, 2018). Coorganizadora da antologia *Sopapo Poético – Pretessência* (Editora Libretos, 2016). Membro da Coordenação do Sarau Sopapo Poético, Ocupa a cadeira 49 na Academia de Letras do Brasil/RS, tendo como patrona Carolina Maria de Jesus; a cadeira 01/RS na Academia Internacional União Cultural, da patrona Maria Firmina dos Reis; e a cadeira 335 da Academia Internacional de Literatura Brasileira. Diretora de Organizações Sociais da ALB-RS, é conselheira da Associação Negra de Cultura (ANdC). É membro de diversas organizações: Sociedade Partenon Literário; International Writers and Artists Association (IWA); Comissão Sobre a Verdade da Escravidão do Rio Grande do Sul (OAB/RS); Mulherio das Letras; Coletivo Poemas à Flor da Pele; Coletivo Arte Negra; Catálogo Intelectuais Negras Visíveis (UFRJ) e Portal LiterAfro (UFMG).

Participante de inúmeras antologias poéticas brasileiras e portuguesas. Seus poemas são publicados em vários sites, blogs, revistas e redes sociais.

E-mail: lilian24@terra.com.br

Carta para Carolina

Boa noite, amiga.

Hoje, olhei pela janela e a tua imagem me veio à mente. Pensei... qual seria a tua reação neste momento de pandemia? Como agirias, o que escreverias?

Com certeza, o teu olhar recairia sobre os periféricos, tua escrita seria um grito de cuidado e principalmente de afeto.

Vivemos tempos bicudos, os manos pretos morrendo sem assistência. Somos a fileira da frente, as buchas de canhão, sem máscaras, sem água, sem detergente, sem álcool, sem teto, sem emprego, sem dinheiro, sem nada...

Sabes bem do que estou falando, triste isso.

Por aqui nada mudou, teu povo continua lutando por equidade em uma sociedade nada justa.

Resiliência é o que nos sobra, mas não basta.

Espero que tua inspiração possa nos trazer forças para lutar e acreditar em dias melhores.

Nossos passos vêm de longe...

Calçamos os teus sapatos e seguimos a tua trajetória reinventando novas histórias.

Somos escritoras pretas guerreiras reverenciando a nossa memória.

Admiração sempre, beijos.

Lilian Rocha

Tranças III

As tranças
Que trançam histórias
São as mesmas
Que mapeiam
Rotas de fuga
Ancestralidade
De mãos
Que acarinham
E protegem
A menina
A mulher negra
Que renasce
Todos os dias
Das cinzas ungidas
Pelos seus orixás
Transmutando
Toda a trajetória sofrida
Em alento de luta
Fruto de Vida
Cruzando
Tempo e espaço
Mãe África
Renascida.

Choro I

Na chuva
Miúda dos dias
O choro
De vidas
Escorre
Morro abaixo
Salgando a cobertura
Prisão
Murada
Envidraçada
Sem reflexo
Sem empatia
Sem nada.

Reflexões I

Carregue sempre um livro de Poesia...
Vivemos em tempos de tempestade!

Teu corpo
Mulher Negra
É a morada
E a voz
Da tua Ancestralidade.

Em tempos de seca de conhecimento
Nada como uma chuva
Para regar prósperos pensamentos!

Em cada grito rouco
Há uma insanidade
Que salva.

Chocolate

Chocolate
Chicote
Chocolate branco ou negro?
A mão que bate
Reverbera a história mal contada
Reativada e permitida
Escancaradamente
Branca
No doce amargo
Ao leite.

Publicado em revistaacrobata.com.br, *nov/2019*

Preciso andar

No primeiro instante
Uma tristeza profunda
A terra sob os meus pés
Treme
Uma incerteza
Paira no ar
Logo mais
A respiração se estabiliza
O reflexo e a memória
Se dão as mãos
Como assim, resistência?
Por acaso em algum momento
Da vida
Deixei de ser resistência?
Meu corpo negro
Estereotipado, objetificado
E não será agora
Que será diferente
Olhos mais abertos
Intuição
Audição da alma
Juntos de mãos dadas
Com os meus
Eu te cuido
Tu me cuidas
Nós nos cuidamos
E seguimos
Pois a bala tem alvo
E na palheta de cores
O gato pardo
É Negro!

Publicado em *ruidomanifesto.org, mar/2019*

Bruxas

Queimamos até o último fio de cabelo
Da nuca aos pentelhos
Das axilas, coxas e pernas
Ficamos em carne viva
Brasa da alma guerreira
Que não morre
Renasce das cicatrizes
Cerzidas pela história
Queimamos por inteiro
Mas basta uma leve brisa
Para reacender
A chama
Princípio de vida
Mulher, luz, explosão
Bruxas modernas
Em construção.

Vozes do Rádio

Os sons do rádio reverberavam pelas paredes da cozinha e ficavam ainda mais vibrantes debaixo da mesa. Eu gostava de ficar ali, meu lugar preferido depois do almoço, enquanto os sons das músicas, das novelas e notícias se misturavam com os da água que vinham da pena da pia, onde minha mãe lavava as louças.

Eu era pequena e aquele era o meu universo de criação, a voz ainda miúda, mas o som interno vibrava em cada estalo, balançar de talheres, vidros roçando, água jorrando. Eu e meus brinquedos... adorava desmontar relógios, engrenagens, peças de montar... a curiosidade sempre ligada à criação. Os sons internos que se complementavam com os do rádio. Como eles se comunicavam, transmitiam emoções, e eu na minha escuta silenciosa.

Sempre fui uma apaixonada por sons, ganhava diversos instrumentos quando pequena, experimentava cada timbre, cada nota, os agudos, os graves, porém a minha respiração audível era para os mais próximos. Na mente um ressoar de ações e vibrações, nas ondas do rádio aprendi a apreciar a transformação da voz e a importância da escuta. Só fala quem um dia escutou a beleza de cada frequência.

A voz tem vida própria, o verbo pode curar ou matar. Eu aprendi a silenciar, a escutar a minha voz interna e, quando estava pronta, os sons da minha alma ecoaram mais do que eu imaginava.

Sorriso

Onde foi parar a minha alegria, o meu sorriso?
Ficaram escondidos nas máscaras coloridas da pandemia, enquanto o nosso rosto ficava travestido de segurança, mas a nossa confiança interna tremia nas bases. Com medo de cada um que se aproximava um pouco mais, evitamos os abraços, os afagos, os cumprimentos de mão, limitamo-nos a leves toques de cotovelos. Cotovelos, que até então não tinham a mínima importância em nossas vidas.

Viramos *nerds*, com expertise em mídias sociais, em *e-commerce*, os Reis e Rainhas das *lives* intermináveis, atrás de um palco, só encontrávamos a solidão dos afetos.

Como afetar por uma tela, como confraternizar, como olhar e ser visto, como ouvir e ser escutado, como expressar e ser entendido, como ser e viver pleno?

A minha alegria congelou? O meu riso travou?

Não, simplesmente se renovou, foi necessário se recriar, refazer a forma. Somos Criadores e Criaturas e foi necessário do barro remodelar as expressões e as formas de interagir, não perdendo a nossa potência, a nossa intensidade, a nossa emoção.

O sorriso não perdeu o encantamento, somente se camuflou para sobreviver.

Mulheres Negras

Força
Fortaleza
Carregam
O Mundo
Em suas costas
Mulheres negras
Brutalizadas
Pelo racismo
Pelo machismo
E tantos outros ismos
Que perdemos a conta
Anestesia
Não nos dão
Mães solteiras
Aguentam firmes
Vocês podem
Vocês suportam
Chega!
Temos direito
À leveza
Ao acolhimento
Ao abraço
Cansamos de sermos fortes
Queremos o colo
Nunca recebido
Queremos o elogio
Tão merecido
Queremos o nosso Ser Mulher
Por inteiro
E não quebrantado
Em pedaços
Queremos ter o direito
De chorar

E não te decepcionar
Queremos o carinho
Despretensioso
Do teu olhar
Queremos nos deixar
Cair no sofá
E simplesmente
Os pés descansar
Nos deixe, nos ouça...
Nos deixe
Despedaçar.

Reflexões II

Cansaço
D'alma
Beijo doce
Que acalma.

No vai e vem da Vida
Somos acrobatas
Da resiliência.

Chama

Chama Carolina
Chama Maria Firmina
Chama Conceição
Chama Maria Helena
Só não chama
O racista de plantão!

Por que te chamas Maria?
Porque nasci Carolina, Firmina,
Helena, das Dores,
Aparecida...

Tumbeiro

Minhas crenças
Identidades perdidas
Prefiro jogar-me ao mar
Deixei pai e mãe
Marido e filhos
No tumbeiro escravocrata
Por todos os lados
Só via morte
Doenças, fome, estupros
Maus-tratos
Nos meus olhos
Não cabiam
Mais tristeza
Meu corpo sangrava
De ódio e dor
Meu corpo afundou
Feito pedra
Efeito do peso
Do sofrimento
Sensação de liberdade
Saudades dos meus amores
Do Sol da minha África
Uma mão
Veio me resgatar
Minha Mãe Yemanjá
Retorno à origem
Rogo pelo meu povo
Os Orixás hão de auxiliar.

Cortina

Vi teu sorriso inocente, sorrias atrás da cortina. Acho que pensavas que ninguém te via, eu te vi... Admirei a tua silhueta e sorri. Tínhamos algo em comum, uns quilinhos a mais, efeito do distanciamento social, muita comilança e pouco exercício.

As cortinas, às vezes, nos dão a impressão de segurança, mas são como os tempos atuais, basta um vento mais forte que tudo se descortina.

Choro II

A criança chora
Não lágrimas
Chora fome
Chora abuso
Chora racismo
Chora falta de amor
Chora, chora, chora
E só enxergamos lágrimas
Que cegos somos
Nossos olhos
Não abarcam
A profundidade
Do choro.

Lançada ao mar

Coloquei um recado
Na garrafa
Lançada ao mar
Não sei se chegará
Ao seu destino
Mãe África
Palavras de afeto
Perguntas sem respostas
Atravessam agora
O Atlântico
Minha ancestralidade
Roubada
Procura pelos nossos
Não importa
Se a resposta
Não vier
A contento
Nas águas salgadas
Sagradas e ensanguentadas
Minha história
Navega
Estrela-do-mar
É minha guia.

Canção

Nosso primeiro encontro
Foi no estacionamento
Cruzamos olhares
No segundo dia
Um tímido
Boa-noite!
Blocos diferentes...
Não te vi mais.
Na sacada
Procurava o teu olhar
Não via
Não escutava
Não sentia
Sábado à noite
Escutei sons pela janela
Era Norah Jones
Meu coração palpitou
O som tinha o brilho
Do teu olhar
O vibrato
Dos nossos corações
Amei cada canção
E sei que cantamos juntos
A nossa paixão
Sem olhares
Sem falas
Só a presença distante
Da canção.

Publicado na Revista Escriba, 8ª ed., 2020

Reflexões III

                Chuva
                Baile úmido
                De emoções
                Espargidas no Céu.

Eu quero rir
Eu quero rir
Muito
Muito
Eu quero rir
E o meu sorriso
Será o escárnio
Do teu racismo.

                Criança serena
                Estripulias
                Brincadeiras
                Mundo mágico
                Da criação
                Criança serena
                Aproveita
                Pois o Mundo adulto
                Está em plena
                Destruição.

Fêmea

Na boca
Ainda úmida
Da tua saliva
Meus lábios
Estalam
Prazer e libido
Quero repetir
A dose
Da embriaguez
Que me tonteia
Os sentidos
Tremo de cima
abaixo
No soar
Do teu gemido
Sou tua fêmea
Faça agora
Todos os meus
Caprichos.

Publicado na revistaacrobata.com.br, *nov/2019*

Voz

Cantavas baixinho
Era um misto
De encanto e desejos
Na letra
Vocábulos de amor
Na canção
Melodias afetivo-sensuais
Teus lábios
Como teclas
Beliscavam
As tuas cordas vocais
E soltavas mais a voz
Articulavas
A língua
Ágil e faceira
Fazias piruetas
Agora todos te ouviam
Não era uma ladainha
Era teu peito audível
Inflado de orgulho
Ah, voz tua
Não era mais
Um eco
Meu.

Lágrima

Sonhei contigo
É como se o tempo
Não tivesse passado
Pude ver o teu sorriso
Até senti o teu cheiro
Era tanta saudade!
Não aguentei
Que até apneia tive
Acordei assustada
Soluço preso na garganta
A mão bem fechada
Parecia conter algo
Abri curiosa, lentamente
Uma gota
Levo à boca
Era salgada
Tua lágrima
Agora chora
Por meus olhos.

Publicado em Almanaque, Zero Hora, *abr/2021*

Travessias de
Taiasmin Öhnmacht

Tamires Ohnmacht Stodulski

Taiasmin Ohrmacht

É psicóloga e psicanalista. Mestre em Psicanálise: clínica e cultura (UFRGS). Participou da organização do e-book *Da Vida que Resiste – Vivências de Psicólogas(os) entre a Ditadura e a Democracia* (CRP/RS, 2014). Em 2016, publicou o livro *Ela Conta Ele Canta* (Cidadela), em parceria com o poeta Carlos Alberto Soares. Foi relacionada no catálogo Intelectuais Negras Visíveis (Malê, 2017), lançado na FLIP. Em 2019, lançou a novela *Visite o Decorado* (Figura de Linguagem). Conta com textos publicados em antologias e com participações em feiras literárias. Participou da organização do I Encontro Nacional Virtual do Mulherio das Letras e integra o conselho editorial da coleção Diálogos da Diáspora. Compõe o Coletivo Arte Negra, formado por um grupo de escritoras e compositoras negras que buscam visibilizar a arte produzida por mulheres negras.

Publica textos no blog *Tintura de Toth* (*taiasmin.blogspot.com*)
E-mail: taiasmin.mo@gmail.com

FARISA

Em primeiro lugar, é bom que se diga: esta é uma história de negros para negros. Então, se você não tem a pele brilhante de tão preta, e mesmo assim escolher seguir por estas linhas, saiba que é por sua conta e risco.

Quando Farisa nasceu para os orixás e para a comunidade, sua mãe espiritual jogou os búzios e deu voz a Iemanjá. Houve ainda um aviso: a menina, durante toda a sua vida, não poderia falar com espíritos de brancos, pois uma nuvem buscava por sua cabeça, e se a encontrasse iria deixá-la pálida de pensamentos e vazia de alma.

Farisa cresceu menina feliz. Morava em cidade litorânea, filha de pescador, vivia próxima ao mar, conversava com as conchas, brincava com tatuíras, tinha um corpo feito para nadar. Largava o corpo na água e boiava feito uma criatura marinha, mar e Farisa um só elemento.

Mesmo quando não estava no mar, nunca ficava muito longe da água, ajudava a mãe e os irmãos a limpar os peixes e frutos do mar. O pai de Farisa pescava, depois atracava no ancoradouro nos fundos da casa, por ali passava um canal que ligava mar e lagoa e era por onde chegavam as pequenas embarcações com a produção de um dia de trabalho, ou de uma noite. Volta e meia aparecia algum turista disposto a comprar peixe-rei, papa-terra, tainha, anchova, siri ou camarão. A vizinhança toda era de pescadores, e eles viviam bem com aquilo que as águas lhes davam.

As mulheres também bordavam e faziam artesanato com conchas, as mais velhas ensinavam as mais novas. Farisa aprendeu com a mãe e com a avó, e esta era a principal atividade das famílias quando os homens não podiam pescar.

A pequena comunidade vivia a passagem do tempo com tranquilidade, sem grandes sobressaltos, o fluxo da vida seguia o fluxo da natureza, e mesmo os momentos de dificuldades eram atravessados com o conforto das narrativas da mãe de santo, que garantia palavras, rituais e ritmo para as maiores dores. De tempos em tempos alguém morria, por idade ou doença, ou ficava no mar. As despedidas eram alimentos para o corpo e a alma no encontro com a ancestralidade. Os nascimentos eram muitos e comemorados com festas, batuques e a alegria em ver a continuação da coletividade.

    O tempo passou e, já mulher, Farisa se apaixonou. Viveu a vida inteira conhecendo João, ele foi colega de escola, amigo de brincadeiras, amigo confidente, e por fim seu grande amor. Conforme foram crescendo passaram a andar mais juntos, a gostarem de estar mais sozinhos, até que um dia, no Ilê, a mãe espiritual de Farisa disse: filha, você e aquele filho de Oxossi tão juntos, não vê? Sim, Farisa já havia percebido que sentia um calor diferente quando estava com João, mas as palavras da mãe desvelaram para ela que aquele sentimento era mesmo amor.

    João, como todos na pequena vila, era um só com a lagoa e o mar, vivia em paz com as águas e as respeitava. Respeitava as marés, as desovas das tartarugas, as tormentas e o período de pesca. Trabalhava no barco do pai junto com um irmão, e todos sabiam que era um homem de dois amores: a pesca e Farisa.

    Ao longo dos anos se aproximava cada vez mais da vila de pescadores um agitado balneário, atração turística que crescia e dominava cada vez mais a geografia local. No início era apenas um ou outro turista que chegava às peixarias e passeava entre os barcos com olhar ávido por excentricidades e fotos pitorescas. Mas os anos foram passando, o balneário se tornou destino cada vez mais cobiçado pelo turismo litorâneo, e não tardou em perceber o lugar privilegiado que ocupavam as casas dos pescadores. O dinheiro compra muito, e alguns pescadores aceitaram a oferta financeira e a mudança, mas não compra tudo, e a maioria não aceitou, assim tanto a família de Farisa quanto a de João, junto a muitas outras famílias que há mais de um século viviam ali, continuaram sustentando a existência da vila.

Pescadores não são agricultores, mas também precisam conviver com os tempos da natureza, por isso contam com uma renda para viver durante o período de reprodução dos peixes. Farisa se sentia egoísta, mas gostava do sossego de ter João ao seu lado por mais tempo, mesmo sabendo da falta que o trabalho no mar fazia a seu amado; aproveitava para emaranhar o pescador em seus cabelos crespos e a envolvê-lo nas ondas de prazer de seu corpo.

Certo dia, chegou à vila a notícia de que grande parte dos pescadores perdeu o direito ao auxílio necessário para viver durante o período de reprodução dos peixes. Foi uma comoção no lugar! Tentaram entender o que havia acontecido, mas a burocracia não respondia e não os reconhecia como uma comunidade, por isso os retornos eram evasivos, quando havia algum. Descobriram a injustiça no momento em que mais precisavam do auxílio, as conversas que corriam entre os pescadores era de que alguém havia denunciado que eles não viviam só da pesca por terem outras fontes de renda que os sustentavam. Que renda seria? Os panos bordados, as rendas das mulheres? O artesanato? Isso se deu no mesmo momento em que o hotel do balneário instalou uma marina e passou a disponibilizar lanchas e jet-skis para sua animada clientela. Além de não poderem pescar em alguns meses do ano e ficarem sem sustento, nos meses de pesca estavam precisando adentrar cada vez mais e mais para longe da costa, pois o barulho e o tráfego de embarcações afastavam os peixes.

Farisa via o lar, a grande família que a acompanhou a vida inteira se transformar rapidamente, isso bem quando ela e João começavam a pensar em formar sua pequena família. A Ialorixá vinha avisando há tempos a necessidade de permanecerem unidos, de evitar a aproximação com os que vinham de fora e que não sabiam dar valor ao axé do lugar nem aos orixás, e mais do que tudo, pessoas que não respeitassem a mãe das águas. A desorganização na vila dos pescadores se refletia em muitos dos mais jovens, que partiam para regiões vizinhas em busca de trabalho, as meninas indo trabalhar de arrumadeiras ou cozinheiras no hotel ou como domésticas nas casas de veraneio da região.

Um dia, foi João que partiu e deixou Farisa e o mar. Ele evitou demonstrações de tristeza, ia com coragem trabalhar num frigorífico em outra cidade, garantiu à amada que estava indo por eles, para que um dia pudessem estar juntos. Nada consolou Farisa. Após a partida de João ia todos os dias ao mar alimentá-lo com suas lágrimas, conversava com Iemanjá, levava oferendas para a orixá e pedia pela vila e pela vida que um dia tiveram. Certa vez, quando se afastava da praia, escutou uma voz chamando por seu nome, procurou ao redor e não viu ninguém, seguiu seu caminho.

O futuro é um mar aberto, cheio de curiosidades e incertezas, e por pior que tudo estivesse, ninguém estava preparado para o que viria a seguir. O irmão mais velho de Farisa, que trabalhava na mesma embarcação do pai há anos, despareceu no mar. Depois de dias de busca encontraram o barco, mas nada dele vivo ou morto. A pequena comunidade ia desmoronando. A mãe espiritual via seus filhos confusos, perdidos, afastados do terreiro, sem dar conta de suas obrigações. Os ancestrais estavam sendo abandonados, o futuro da vila era incerto.

Farisa só não caiu em um luto ainda mais profundo porque precisava cuidar de sua mãe, que emudeceu após a perda do filho e que mal saía da cama. Se não fosse a preocupação com os pais muito abatidos e com os irmãos mais novos, ela teria saído de casa e procurado o mesmo destino de João, mas ficou triste e cuidando das tristezas dos seus. Quando João soube do desaparecimento do cunhado muitos dias já tinham passado. Ele mandou mensagens de conforto e afeto para Farisa, garantiu que logo estariam juntos novamente, mas quando seria isso, ela se perguntava. Sem a certeza de uma data, nada a consolava.

Foi então que recebeu o convite de Raquel para ir acender uma vela na igreja da cidade, pelo irmão e pela paz da vila. Farisa primeiro disse que não iria, que nunca havia assistido a uma missa e sequer entrado em uma igreja. Mas a amiga, que trabalhava no hotel, insistiu: que mal faria? Ela argumentou, costumava ir e não tinha nada demais.

Um dia Farisa foi, não a uma missa, mas encontrou a igreja aberta e entrou. Se o local era grandioso por fora, por dentro era suntuoso. Sentiu-se absurdamente pequena, sem importância. Prestou atenção nas poucas pessoas no local e se perguntou que dor as acompanhavam, pois tinham expressões pesadas no rosto, será que sofriam como ela? E o que o deus delas fazia? Acendeu a vela que levou consigo e a colocou junto a muitas outras, depois parou para olhar a enorme imagem de uma senhora com olhar igualmente sofredor voltado ao alto. Algo naquela estátua a inquietava, o vestido simples de repente ganhou formas volumosas nas saias e nas mangas, a inusitada percepção deixou Farisa tonta e ela precisou se sentar, teria visto ou seria uma confusão devido à penumbra do local? Vozes confusas ecoavam pela nave da igreja; o ambiente, antes sóbrio, estava sombrio e ameaçador. Rapidamente ela buscou a saída, já na rua escutou alguém gritar por seu nome. Assustada, apressou ainda mais o passo. A luz do sol e o mar ao longe pareceram restabelecer-lhe a razão, mas por pouco tempo.

Em casa, Farisa não encontrou ninguém, estava vazia. Fazia algumas semanas que sua mãe passava os dias percorrendo as praias procurando algum sinal do filho, o pai também passava o dia fora, no barco, mas voltava sem qualquer peixe, porque seu objetivo era o mesmo da esposa, só que no mar. Os três irmãos mais novos andavam soltos pela vida, Farisa tentava dar conta deles, mas assim como os adultos, as crianças estavam inconsoláveis e confusas. E o preto luminoso de seus rostos foi substituído por um marrom desbotado.

Farisa não se gostava mais. Quando se olhava ao espelho, via um rosto que lhe parecia estranho, feio. Tinha pesadelos com a estátua no meio da noite, que não mais olhava para o alto, mas para ela, e com um sorriso malicioso e a voz cheia de ódio, movimentava um pesado vestido vitoriano enquanto dizia: tudo isso é culpa sua! Você é o próprio demônio, trouxe a desgraça para sua família. Não há deuses no mar! Um só Deus! Já te ensinei isso, você não lembra, pagã? No sonho a estátua era três vezes mais alta do que ela, e segurava o braço de Farisa com sua mão fria e pálida de cera. Acordou sobressaltada e com uma dor forte perto do pulso, pensou ter dormido de mau jeito, mas pela manhã viu no próprio braço o que parecia uma queimadura, a marca de correntes. Correu para o banheiro vomitar.

Sentindo-se apequenada por tudo ao redor, percorreu a vila achando o lugar sujo e pobre, passou a ver as pessoas da comunidade do mesmo modo como se sentia, desgraçada. Após andar o dia inteiro procurando sua mãe, avistou-a em uma praia distante, um lugar pouco frequentado. Ela estava agachada, buscando Ossain nas gaivotas e perguntando para elas se tinham visto seu menino do alto de seus voos. Abraçou a mãe, e as duas choraram juntas. Enquanto retornavam para casa, Farisa escutou seu nome vindo como que do próprio vento, sem entender se havia ouvido algo ou imaginado, perguntou a sua mãe se ela escutara a mesma coisa, mas a mulher, perdida em sua dor, nada respondeu.

Farisa decidiu procurar emprego no hotel. Entrou no ambiente e percebeu um luxo diferente da igreja, e ainda assim luxo. Conseguiu uma vaga de arrumadeira, mas foi avisada, teria que trabalhar com o volumoso cabelo preso e evitar a conversa com os clientes, apenas responder o que eles perguntassem e de modo breve. Ela aceitou, mas não pôde deixar de observar que esses hóspedes eram os mesmos que iam animados comprar frutos do mar e artesanato na vila, e que lá eles não tinham nenhum problema em conversar com os pescadores e suas famílias, mas no hotel ela deveria se comportar como uma serviçal.

    Os dias eram de muito trabalho, as noites eram só pesadelo. Sempre a imagem gigante da mulher às vezes de cera, às vezes de gesso. Desta vez, a imensa imagem a observava enquanto ela arrumava um quarto, era do hotel e não era, mas era sobretudo dela, da mulher branca de rosto pintado sobre o gesso e que a obrigava a limpar o chão de joelhos, Farisa não podia se levantar, nem olhar para cima, tinha que esfregar o chão e nunca estava bom, em algum momento a água não era mais água, era sangue que escorria de suas mãos e de suas pernas. Apavorada, ela levantou, então, uma mão muito pesada a atingiu ao lado do pescoço. Farisa acordou no chão. Ergueu-se com dificuldade e foi até o banheiro, o corpo dolorido, olhou-se no espelho, havia um vergão em parte do rosto e toda a lateral do pescoço, as mãos e os joelhos doíam, mas não tinham marcas.

    Palavras raivosas passaram a acompanhar os dias de Farisa, em sua mente uma frase insistia: "Encontramos você, já bebemos sangue dos seus uma vez, vamos beber de novo". Não compreendia, a voz falando palavras que não diria era dela mesma, estava cada vez com mais medo, de si e dos outros, conhecidos e desconhecidos pareciam assustadores. Farisa foi perdendo a fome e a vontade de viver. Não ia mais à praia, não se banhava no mar, não trabalhava mais com o mar, e o atracadouro nos fundos de sua casa só recebia seu pai adoecido da busca pelo filho.

    Durante um dia de trabalho pesado, ela sentiu-se febril. Dobrando a roupa de cama de um quarto viu uma tempestade se armando no horizonte. Farisa! Escutou alguém chamá-la, e vinha da rua. Olhou pela janela e desta vez percebeu que seu nome era dito pelas ondas do mar, "Odoya, minha mãe", murmurou em voz baixa. Farisa nem lembrava mais da última vez em que havia ido ao terreiro, por quê? Não sabia bem, mas achava que tinha perdido um pouco da fé.

Ao sair do trabalho, os sinais de tormenta estavam ainda mais fortes, resolveu passar no ilê antes de ir para casa e ver se estava tudo bem com sua mãe espiritual. Encontrou-a sozinha. A velha senhora a recebeu com a sabedoria de quem antecipava os chegados a sua casa, mas logo o seu olhar se transformou em preocupação e disse para Farisa que ela precisava urgente retomar suas obrigações para fortalecer o seu ori. A chuva começou com gotas esparsas e pesadas, Farisa e sua Ialorixá separavam e arrumavam oferendas, maceravam as ervas, enquanto a mãe pronunciava palavras ancestrais. O barulho do mar revolto já era muito alto quando Farisa, com os cabelos envolvidos em ervas, se deitou na esteira. Então, viu-se na igreja, novamente não era um lugar acolhedor, mas ela não estava mais com medo. Sentou-se em um banco, observou a elegância dos arcos, a arte dos vitrais, a imponência da abóbada e os detalhes em ouro. Todo aquele luxo não era para ela, não entendia aquele deus de tristes fiéis, não poderia ter um deus que a olhasse de tamanha distância. Levantou-se do banco e caminhou até a figura que teceu seus pesadelos. Era só gesso. Voltou a ser uma estátua branca, de sofrimento pintado ao rosto. De repente, Farisa estava no mar, seu corpo novamente um com as águas, mas não era a praia, era muito fundo e muito longe, Farisa não era mais Farisa, mas um ser marinho, ou a própria água, não se diferenciava mais do mar. Viu algo se mexer, com mais atenção percebeu seu irmão, quando seus olhares se encontraram ela ouviu a voz dele em sua cabeça: "Mana, eu seguirei bem com os nossos. Você também deve seguir". A voz e o rosto dele eram de serenidade, e ele partiu. Um estouro assustador trouxe Farisa novamente para o pequeno cômodo em que se encontrava. A Ialorixá estava com ela e a tranquilizou com relação ao barulho: "É problema lá dos brancos. Filha, precisamos preparar o renascimento de nossa comunidade, o que acabou foi um ciclo, nós não acabamos. Vem muita luta pela frente".

No dia seguinte, a vila amanheceu cheia de surpresas, o corpo do irmão de Farisa estava na areia da praia, intacto, como se tivesse desaparecido há poucas horas. A marina do hotel foi destruída pela força das águas. Na vila, toda a vizinhança passou os dias seguintes limpando as ruas atingidas pela tormenta e preparando os rituais de despedida do jovem pescador. Os pais de Farisa, embora tristes, agradeciam aos orixás por enfim conhecerem o destino do filho e pela chance de preparar o corpo para as devidas despedidas.

Os pescadores voltaram a olhar para o mar e para o céu com respeito. Neles, nas aves, na areia e nas pedras estavam a força dos orixás, e os tambores ressoaram alto e forte novamente.

Farisa, enfim, estava em paz. Preparava uma viagem, e para isso separou poucos pertences, não se afastaria por muitos dias, tinha uma missão pela frente, buscar João, devolvê-lo para o mar e devolver o mar para ele. O mar salgado e o mar das ondas de seus prazeres. Não era ela que iria viver ao lado dele uma vida desconhecida, era ele quem voltaria para ela e juntos construiriam o futuro da comunidade.

E como a mãe disse, uma nova época se iniciava para a vila e para Farisa. Não posso dizer que viveram felizes para sempre, e como poderia? A Ialorixá avisou que teriam muita luta pela frente. Mas posso garantir, os pescadores voltaram-se para o mar e suas riquezas, a riqueza do mundo branco exigia submissão e sangue, um sangue que eles não poderiam dar, pois sabiam: era sagrado.

Chegará

      ruas molhadas em valas de papéis
           generais imundices e barcos pastores
 falam diabo a quatro inflados por pulmões
                      públicos o ar falta
nas vielas desculpas e escusas
os dias seguem como pássaros distraídos
não são
obrigados obrigam
e o diabo assusta
o dia, *brou*
(chegará)
o dia
em que nos encontraremos
em um abraço
molhado de suor preto, *brou*
o suor é mais preto do que a pele que
      brilha nos olhos castanhos e no sal da rua
e o sol nos cachos escuros de teus cabelos
e o sol

Flores às margens

Maria, há que se ter delírios
Esquecer rotas
Criar caminhos

Roberta, há flores às margens
Embora
o dióxido de carbono
E direito a viver
Dinheiro a dever

No céu da boca de Júlia
Ruínas pedem
Mandingas ao céu da noite
Faísca produtiva
De palavras-archote

O dom de Quixote
Cobriu o corpo de Silvia
Encontra teu bará, mulher
E cavalga
Hay gente siendo devorada
Por molinos

Parto em travessias

Sustento
O arroz e o feijão
Dou um beijo na nação
E parto em travessias
Bravias
Segue hora
Segue rumo
Segura na minha mão
Meu menino não está comigo
Eu temo pelo seu futuro
Segue hora
Segue chão
Trabalho água e sabão
Fim de tarde vou embora
Na volta meu moleque
Jogando bola
Me sorri e eu sorrio
Janta, tv e soninho
Meu moleque está vivo
E está comigo

A poeira, o sol e o vento

A poeira dança no raio de sol
Mamãe areja a casa
Desacomoda as cobertas
Desfaz restos noturnos
Estende lençol

Mamãe diz:
– Inventa um futuro feliz
Casamento não é o que se diz

Em seu rosto um traço de tormento
A poeira, o sol e o vento

Eu brinco de agitar o ar
Quero ver a poeira em espiral
Mamãe areja a casa
E eu tento pegar um raio de sol

∾

A bala perdida
Há bala perdida
Abala medida
A lábia maldita
Veneno leitoso
– Crianças, cuidem-se das balas de estranhos

Arriscamentos

Cuspo tinta azul
Do sexo oral
Com a caneta
O escarro
Desenha letras
E me cobra sentido

SubAtração

Nem eu
Nem você
Vamos nos ver
Hoje, amanhã
Ou em qualquer tempo
Equação de exclusão
Sobra o vazio

Enquanto ainda

Foi em 2019.
80 tiros fuzilam uma família. Negra. 80 tiros matam um músico. Negro.
Foi o exército! Foi o exército!
O braço armado do Estado sabe bem quem são seus inimigos porque o braço armado do Estado é o mesmo que baixava a chibata em João Cândido, é o mesmo que dizimou os Lanceiros Negros. O braço armado do Estado é verde-oliva, mas também é branco. E protege o princípio estampado na bandeira. A ordem para os negros não saírem da periferia e das instituições de correção; o progresso do branqueamento da população. Foi em 2019, mas já era assim em 1919, e mesmo antes, por testemunha: Palmares e os capitães do mato.
80 tiros e o silêncio. Serviço feito: o Estado não suporta que um preto seja pai, que uma preta seja mãe. Que a criança preta tenha uma família. E o Estado não suporta e não dá suporte. Fugiu ao roteiro, eles dizem, e eliminam, e riem. Porque o Brasil permite o gozo, em fardas, ternos e togas.
E a ralé miúda branca espraiada por esse chão se apega a suas peles e dá dois suspiros de alívio, agradecendo às armas por manter abastecidos os cemitérios, hospícios e prisões, mas, sobretudo, agradecida por salvar a cotação de suas brancuras no mercado nacional, gratidão que muito diz de suas misérias.
Fomos acusados de exagero ao reivindicar a cultura negra para o negro, enquanto a branquitude reivindica a humanidade apenas para si, e ninguém discute.
Era trabalhador: 80 tiros. Era uma família: 80 tiros. Era pai: 80 tiros. Era preto, por isso não bastou eliminar, era preciso rir também.

Preta, preto, lembre-se de seu avô preso, lembre-se de sua avó, um assassinato nunca investigado, lembre-se de seu irmão desaparecido, lembre-se de seu tio acusado injustamente. Não é preciso olhar muito longe para ver as grades-dentes famintos por nossos corpos.

E lembre-se, sobretudo, que a brancura ofusca, é preciso usar filtro, irmã, é preciso usar filtro, irmão. É preciso escurecer.

Restolho

Não te assustes com os obreiros da morte
Enquanto os vermes devoram teu corpo
Teu nome será dito
Em lamentos
Missas
E alívios
No dia em que restarem só ossos
Nem isso

Palavra é larva que devora a coisa

Travessias de AMANAÃ

Ana Dos Santos
Delma Gonçalves
Lilian Rocha

Carmen Lima
Fátima Farias
Taiasmin Ohnmacht

Livro com 136 páginas, impresso em papel
pólen 80 gr/m² pela gráfica Copiart,
em março de 2025.

Libretos